Pas ce soir

De la même autrice

Trancher, Flammarion, 2018 ; J'ai lu, 2019.
Un loup quelque part, Flammarion, 2020 ; J'ai lu, 2022.

Amélie Cordonnier

Pas ce soir

roman

Flammarion

ISBN : 978-2-0802-5641-6

« Qu'est-ce que tu n'ferais pas
Pour la peau ? »

Dominique A, *Pour la peau*

Désolée, ne m'en veux pas, mais je dormirai tellement mieux là-bas. Elle a dit *là-bas* pour désigner la chambre de Roxane, et leur quatre-pièces a beau mesurer moins de quatre-vingts mètres carrés, il lui a semblé que c'était loin. Très loin. Très très loin. Le bout du monde. Et peut-être aussi la fin d'un monde. Ah, bah d'accord. Ils en sont donc arrivés là… Des mois qu'ils se couchent en décalé, des mois qu'il la trouve systématiquement endormie quand il la rejoint. Des semaines qu'il se demandait comment elle faisait pour trouver si vite le sommeil avant de tomber sur la boîte de Donormyl. C'était déjà pathétique. La triste petite misère de la conjugalité. Mais alors là… Là, c'est encore autre chose. Un sale palier franchi. Un échelon supplémentaire gravi sur l'échelle de la désespérance. Lui qui adore la montagne se représente parfaitement la mauvaise pente, bien raide, sur laquelle ils se trouvent désormais. Et il a beau n'avoir jamais eu le vertige de sa vie, son obliquité l'effraie. Allongé, les yeux ouverts dans le noir, il a l'impression que des milliers de kilomètres les séparent. Qu'il l'a perdue. Que quelque chose entre eux s'est brisé. Net. Qu'il ne saura pas recoller. Si encore elle était partie à un stage de yoga au fin fond de la France, quand bien même il s'imaginerait, comme chaque fois qu'elle s'en va, les participants qui lui tournent autour, les tas de gars qui la félicitent chaleureusement pour sa souplesse et son lâcher-prise, lui sourient pendant le dîner, l'invitent à boire une dernière tisane et plus si affinités. Il préférerait la savoir à Lille ou Marseille, il préférerait se faire des films, se figurer les enfoirés qui la draguent et la raccompagnent jusqu'à sa chambre. Tous les scénarios pourris vaudraient mieux que celui-là. Eux deux sous le même toit, séparés par trois murs et un couloir. Il ne s'y attendait tellement pas. Mais pourquoi décider ça, comme ça, ce soir, après ce dîner chez les Berthon ? C'était pourtant ce qu'on appelle une bonne soirée. Le genre de soirée entre copains qui vous flingue la semaine à peine commencée. Dont il faut au moins deux jours pour se remettre. Ils ont beaucoup parlé, sacrément ri, énormément picolé et finalement terminé bien trop tard pour un mardi. Petits plats dans les grands, champagne et deux bouteilles de vin à quatre. Isa a eu mal au cœur à peine montée dans le taxi. A-t-elle pris sa décision pendant qu'elle respirait tant bien que mal par la fenêtre ouverte sur la nuit froide de novembre ou est-ce en se démaquillant qu'elle a eu l'idée de dormir à côté ? C'est idiot, cela ne change rien au problème, mais il ne peut s'empêcher de se poser la question. Et la question tourne, tourne en boucle dans sa tête. Jamais la chambre ne lui a semblé aussi grande. C'est à croire que la solitude pousse les cloisons. Perdu, déchu. Détrôné dans ce king size. Le roi n'est à la hauteur de rien, ce soir. Il faudrait s'en moquer, réussir à ne pas dramatiser. Isa dort dans la chambre de Roxane. Point barre. Isa dort à côté parce qu'elle est fatiguée, qu'elle a besoin de récupérer. Pas de quoi en faire toute une histoire. Et puis ça va, il a compris qu'il ronflait comme un cochon. L'image d'un porc fangeux lui vient, qu'il chasse aussitôt. Celle de la locomotive l'agresse moins. Il ne voulait pas y croire, mais sait à quel point ses vrombissements sont affreux depuis ce dimanche midi où il s'était assoupi après le déjeuner. C'était il y a quelques mois, début juin, juste avant que Roxane ne parte pour les États-Unis. Les filles s'étaient amusées à le filmer pendant sa sieste et lui avaient fait écouter leur enregistrement à son réveil. Mortifié ! Il ne savait plus où se mettre. Ce soir la colère chasse la honte, qui gonfle et monte, monte en lui comme une sale bête.

Huit mois.

Huit mois deux semaines et quatre jours.

Huit mois deux semaines et quatre jours qu'il n'a pas touché Isa.

Quand le réveil sonne, il lui faut de longues minutes avant de réussir à se lever. Il émerge laborieusement. Mal à la tête. Et tête dans le cul, à moins que cela ne soit l'inverse. Besoin d'un Doliprane et d'un café. Assise au bar de la cuisine, Isabelle termine sa tartine. Grand sourire au-dessus de sa tasse de thé. Chemisier blanc, minijupe noire sur collants opaques. Elle a l'air d'une jeune fille. En fleur, malgré la corolle de cernes qui assombrit ses yeux. Bien dormi. Ce n'est pas une question, mais une information, qu'elle délivre sur un ton réjoui. Dormi comme un bébé même, prétend-elle en dépit du teint blême qui la contredit. Il remarque qu'elle prend des pincettes. Assez grosses, les pincettes. Il sent bien qu'elle surjoue, qu'il y a quelque chose d'un peu forcé dans cette gaîté matinale. Que c'est sa façon à elle de ménager sa susceptibilité, de s'excuser d'avoir déserté le lit conjugal. Il lui en est reconnaissant. Se félicite qu'elle fasse comme si de rien n'était. Comme si entre eux tout était normal. Il se promet de ne pas boire ce soir, histoire de ne pas ronfler. De toute façon, ces derniers temps il picole trop. Impossible de se souvenir à quand remonte sa dernière journée sans alcool. La bouteille qu'il débouche en rentrant du bureau y passe chaque fois ou presque. Une petite détox ne lui fera pas de mal.

Sa bonne résolution se dilue à mesure que s'écoule la journée. À midi il n'en reste plus que quelques gouttes qui finissent par s'évaporer. À 19 h 30, il commande une Tsing Tao bien méritée au Jap' chez qui il passe en sortant du métro et la sirote en détaillant longuement le menu qu'il connaît pourtant par cœur. Il se décide finalement pour un SP5, ajoute des sushis, prend aussi des makis et des california rolls dont raffole Isa. Puis il s'arrête à la pharmacie juste en bas de chez eux. Déjà occupée avec une cliente, Charlotte s'interrompt gentiment, carte Vitale à la main, pour lui préciser qu'Olivier vient de partir. Aujourd'hui il a son fils. Ah oui, c'est vrai, on est mercredi. Contrarié. Il hésite puis, très vite, se décide : il repassera demain. Aucune envie de parler de ses problèmes à n'importe qui. En rentrant, il découvre sur la table de la cuisine le mot qu'a dû griffonner Isabelle ce matin avant de filer. Ne m'attends pas ce soir, je dîne avec Béné. Il avait complètement zappé. Il vit avec une éclipse. C'est à croire qu'elle fait tout pour passer le moins de soirées possible en sa compagnie. Il n'est plus pour elle qu'un intermittent. S'il avait su, il ne se serait pas tant dépêché, aurait accepté la proposition d'Éric et bu un verre avec lui en sortant du bureau. Tant pis. Il range les california rolls au frigo, se prépare un plateau et s'installe dans le salon. Les fenêtres donnent sur les voisins. C'est l'heure de la famille réunie autour de la table, l'heure de la télé allumée, des couples blottis dans le canapé, des gratouilles et des baisers. L'heure de tout ce à quoi il n'a plus le droit. Il finit par troquer son portable contre sa tablette. Tout le monde dit le plus grand bien de *Marriage Story*, alors allons-y. Adam Driver et Scarlett Johansson ne baisent plus, eux non plus, et s'écharpent à merveille. C'est vrai qu'ils sont bouleversants dans le rôle de ces parents en plein divorce, prêts à tout pour récupérer la garde de leur gosse. Il ne voit pas le temps passer. Cliquetis de clés. Déjà ? Bonsoir. Ah, tiens, te voilà ! Il met sur pause pour accueillir Isa et force son sourire. C'est un rictus de joker assorti d'un salut glacial et d'un Bonne soirée ? qui pue le dépit, mais ne refroidit pas Isa. Elle a visiblement envie de discuter. Ça va, t'as dîné ? Moi, je suis épuisée. Tu m'étonnes, ma vieille, après deux sorties d'affilée. Il se mord la langue juste à temps pour ne pas l'agresser et prétexte qu'il lui reste juste quatorze minutes de film pour esquiver leur conversation. Pas de souci, Isa retire son manteau, s'assoit face à lui pour se déchausser et annonce qu'elle va se démaquiller. Ce n'est que lorsqu'il éteint sa tablette, à la fin du générique, qu'il réalise qu'elle n'a pas retraversé le salon. Il la trouve endormie dans le lit de Roxane et comprend que, cette nuit encore, il la passera sans elle.

La peau rouge à force de s'embrasser, les bleus sur les genoux, les coudes brûlés par les va-et-vient frénétiques sur la moquette, les fringues disséminées dans l'appart, le soutien-gorge qu'on cherche partout avant de finir par le retrouver coincé dans l'interstice du canapé, au moins ils auront connu ça. Ensemble. Affaire classée. Mémoire bien rangée mais gros regrets. Et putain de nostalgie. C'est pas croyable comme ça peut faire mal, les souvenirs. Et comme ça jaillit sans prévenir. Impossible de se concentrer sur ce dossier. Il peine à avancer, s'agace chaque fois qu'un collègue l'interrompt, n'a toujours pas bouclé l'appel d'offres qu'il doit rendre après-demain. Une vraie cata. C'est bête à admettre, mais la perspective de passer une nouvelle nuit sans Isa l'angoisse et l'englue. Au point où il en est, autant rentrer. À 18 h 45, il plie, éteint son ordi, s'engouffre dans le métro. Puisque jamais deux sans trois, Isabelle va sûrement lui refaire le coup ce soir. Mais si jamais elle décidait de faire mentir le proverbe et de revenir dormir avec lui… Les Filles du Calvaire le convainquent d'envoyer un SMS à Olivier pour le prévenir qu'il va passer. Est-ce qu'il peut l'attendre avant de fermer ? La réponse s'affiche sans tarder : Bien sûr ! Le rideau de fer est déjà baissé à moitié. Fais gaffe à pas te cogner, le prévient son pote agenouillé devant le présentoir des brosses à dents. Un tube de Fluocaril ? blague-t-il. Non, ce n'est pas ça le problème. Alors dis-moi, qu'est-ce qui t'amène ? Et de lui raconter ses ronflements qui dérangent sa femme. T'imagines la honte ? Mais non, la honte de rien du tout. T'es pas le seul, qu'est-ce que tu crois. Sept Français sur dix sont dans ta situation. Des chercheurs ont mesuré que les plus gros ronfleurs atteignent cent décibels, ce qui représente tout de même le bruit d'une moto… Alors tu vois, t'es vraiment pas le cas le plus désespéré. OK, donc on fait quoi ? Il y a l'opération, mais pour l'ablation du voile du palais, ce soir ça risque d'être un peu juste. Non, sans rire. Pour commencer se moucher avant le coucher et se laver le nez avec un spray à l'eau de mer. Ensuite plusieurs options. Il lui aurait bien conseillé de la lavande ou de la menthe poivrée mais puisque les huiles essentielles c'est pas son truc, autant qu'il prenne une boîte de bandelettes nasales. Non, mais fais pas cette tête ! Elles sont transparentes et flexibles. Le principe ? Très simple. Les bandes écartent délicatement les ailes du nez afin d'améliorer le flux de l'air ainsi que le confort respiratoire et elles favorisent une respiration nasale plutôt que buccale, beaucoup moins bruyante. À 15,50 euros la boîte de vingt-quatre, t'as rien à perdre. Et t'es presque tranquille pour un mois. Allez OK, adjugé ! Et vendu. Il sort de la pharmacie avec son sachet. Gêné… Presque autant que la première fois où il a acheté des capotes au supermarché. Rouge aux joues et profil bas, les yeux fixés sur le tapis roulant, il avait tout fait pour cacher son érubescence et éviter le regard de la caissière. Il s'en souvient comme si c'était hier, ce qui ne le rajeunit pas.

Il y a vingt ans, Isa se serait damnée plutôt que de louper leur sacro-saint ciné du jeudi soir. Elle avait toujours un plan B, C et même D au cas où la baby-sitter les plantait. Fini tout ça. Disparu un peu avant les bonnes vieilles soirées télé, Magnum et Häagen-Dazs, vautrés ensemble sur le canapé. Aujourd'hui, quand Isabelle n'est pas plongée dans un des bouquins qu'elle rapporte chaque soir de la librairie, elle est scotchée sur son portable. Inatteignable. C'est à devenir dingue. Qu'elle lui manque alors qu'elle est là, devant lui, ça le rend fou. Jamais elle n'a été si lointaine à son gré. Ce soir, elle n'a strictement rien mangé. Nourritures digitales. C'est économique, tu me diras. Il la regarde, absorbée, engloutie dans les abîmes d'Instagram. Le signal émet faiblement depuis les profondeurs où elle navigue, mais le son passe encore à peu près puisqu'elle lui répond. Avec un léger décalage toutefois et sans lever les yeux. Elle *scrolle, scrolle,* comme disent les filles qui n'en ratent pas une pour le provoquer et se moquent de lui quand il fait la guerre aux mots anglais. Si on lui offrait la possibilité de se réincarner, là, tout de suite, maintenant, il choisirait en écran. Oui, sans hésiter. En écran tactile. Au moins, elle le toucherait. Du bout des doigts. Peut-être même seulement de l'index, mais ce serait déjà ça. Ça lui suffirait. Il s'en contenterait tout à fait. C'est à en crever, tous ces gestes qu'Isa ne fait plus. La main dans la rue, même ça, ça a disparu. Alors tu penses, s'il avait su, il n'aurait pas fait rire les potes en leur exposant ses pauvres théories sur les ravages du sexe à la papa et l'amour pantouflard avec ou sans charentaises. Ce n'était pas la peine de se la péter, de préférer les grosses chaussettes aux chaussons et les cachemires aux pyjamas pilou. Isa et lui ont feinté, mais foiré. Entre eux, tout s'est érodé. Pas seulement le désir. La curiosité, la conversation aussi, et ça c'est le pire. Y a qu'à voir : qu'est-ce qu'ils se sont dit pendant ce semblant de dîner ? Qu'ils étaient claqués, que la journée avait été pluvieuse, compliquée, trop de cartons à déballer et de clients impolis pour elle, trop de réunions à rallonge et le métro blindé pour lui. Des fadaises. Des foutaises. La rengaine ! C'est fou comme on se croit toujours plus fort que tout le monde. Faudrait leur dire, aux filles, de faire gaffe, de vraiment se méfier, que l'amour finit par se pépériser et qu'on n'y peut rien, pauvres prisonniers de draps communs. Non, vaut mieux pas. Autant le garder pour soi. La petite baise hebdomadaire, vite fait pas toujours bien fait, une fois les enfants couchés, le dîner débarrassé et l'éponge passée sur le plan de travail, juste avant d'attraper la télécommande, il n'aurait pas cru que ça leur tomberait si vite sur la gueule. Ça l'a longtemps déprimé. Mais maintenant il le sait, c'est mieux que rien.

Il ne pense qu'à ça. Ça veut dire quoi ? Que tout le porte à frémir. Que tout le porte au désir. Qu'il a toujours les idées mal placées. Placées au même endroit en tout cas. Ça veut dire qu'au premier confinement, quand Isa revenait des courses en disant *Il y a la queue partout*, il devait se faire violence pour ne pas répondre *Il y en a aussi une chez toi, tu sais ?* Ça veut dire que s'il croise une jupe à vélo, il la laisse passer, histoire de reluquer ses jambes et d'avoir une chance d'apercevoir sa culotte. Ça veut dire qu'il suffit qu'une cliente lui serre la main pour qu'il se figure la sienne sur ses seins. Ça veut dire que s'il monte dans un taxi et que c'est une femme qui conduit, il fantasme tout ce qu'il pourrait lui faire sur la banquette arrière. Ça veut dire qu'en ce moment même, malgré les manteaux, les doudounes, les écharpes et les bonnets, malgré les cols roulés et autres pulls dissuasifs, malgré toutes les pelures empilées, il ne peut s'empêcher de déshabiller mentalement toutes les femmes qu'il mate dans le métro, de les imaginer à poil, de se représenter la forme de leurs seins et de parier sur la couleur de leur chatte. Ça veut dire qu'il bande depuis que cette brune s'est collée contre lui, bien obligée, wagon bondé. Charmante, tatouée et percée, reproduction parfaite de Lisbeth Salander. Elle a sûrement aussi un piercing sur les tétons. Et sans doute même sur le clitoris. Délice. Il s'imagine en titiller la bille de sa langue, de droite à gauche, de gauche à droite, la glisser entre ses dents et mordiller les lèvres de son sexe un peu trop vivement. La voit se pâmer, sur le point de jouir, l'entend gémir, s'enivre déjà de ses soupirs. Quand tout à coup, à mieux observer son visage, il découvre une gamine planquée sous le maquillage. Quel âge ? Quinze ? Seize ? Pas majeure en tout cas. Oublie ! Obsédé sexuel peut-être, maso, malade même, mais pas Matzneff. Ah, par chance, elle réussit à se décaler. Voilà facilement dix minutes qu'ils sont bloqués. La ligne 13 ne fonctionnera donc jamais. Encore plus bondée depuis que le tribunal de Clichy est terminé. Il finit par trouver une place assise à Gaîté, et à Plaisance, ça ne loupe pas, la machine à souvenirs s'enclenche. Temps retrouvé. D'un coup il revoit Isa pour la première fois. Toute menue. Pardessus beige, ceinture dénouée, foulard orange autour du cou. Peu maquillée. La moue irrésistible de sa bouche, le grain de beauté à droite de son nez. Son air mutin. Le claquement de ses talons quand elle monte dans le wagon. Les longues jambes qu'elle croise en s'asseyant sans le calculer, sans s'apercevoir un seul instant qu'il ne cesse de la dévisager depuis son siège. Ses yeux de biche baissés sur le bouquin qu'elle sort de sa besace. Sa concentration à elle et ses contorsions insensées à lui pour tenter d'apercevoir le titre du roman qui la lui vole, déjà. Couverture blanche bordée de bleu. Éditions de Minuit. Une apostrophe et un mot. Qu'il finit par déchiffrer. *L'Amant*. Il la fixe tout le temps que dure son court trajet. La voit se lever, sidéré. Il faudrait s'approcher d'elle, trouver un prétexte, n'importe lequel, quelque chose à lui dire pour la retenir, attirer son attention. Mais non. Crétin collé au strapontin. Happé par la fiction. Les portes se referment. Une détresse à peine ressentie se produit tout à coup, une fatigue, la lumière sur le quai, qui se ternit mais à peine. Une surdité très légère aussi, un brouillard, partout. Le voici condamné à la laisser s'éloigner, à la regarder marcher vers la sortie. Fugitive beauté. Ne la verra-t-il plus que dans l'éternité ? Non, pas perdue, pas possible. Le tunnel ne l'a pas encore engloutie qu'il se promet de la retrouver. À peine rentré chez lui, il s'y met. Un papier, un crayon. Et le plus dur à trouver : l'inspiration. Une, deux, trois, quatre, cinq, six, dix feuilles peut-être atterrissent en boule dans la corbeille. Peu importe. Il balbutie par écrit. Calme son impatience. Se hâte lentement, sans perdre courage. Hésite, se lance, rature, recommence. Non, ne pas avouer qu'il a jalousé cet Amant durant tout le trajet, trop direct. Lui confier qu'il aurait voulu être une ligne pour danser sous ses yeux ? Top mielleux. Il se gratte la tête, mordille son capuchon. Grosse concentration, yeux au plafond. Écrit, barre, recommence encore. Encore. Et encore. Ça va venir. Ça vient. Doucement mais sûrement. Il n'est plus très loin, il le sent. Et puis oui, ça y est, il tient sa formulation. « Jeudi 20 novembre, 8 h 20, métro Plaisance. Ce n'est pas le bac, mais c'est tout comme. Ni limousine noire, ni chapeau d'homme. Juste vous, plongée dans votre livre, et moi, intimidé, de vous, déjà ivre. Fuite à Varenne. Vous reverrai-je ? » S'il peut aujourd'hui encore réciter mot pour mot, sans se tromper, le message qu'il a glissé dans une enveloppe libellée à l'adresse de *Libé*, service des petites annonces, Transports amoureux, c'est parce qu'Isa l'a toujours gardé et qu'ils l'ont encadré puis accroché dans le couloir dès l'emménagement dans leur premier appartement. Il avait bien sûr noté au verso son numéro. Téléphone fixe. Pas encore l'époque du 06. Et le miracle s'était produit : Isa l'avait appelé. Oh, pas tout de suite, pas le matin de la parution de l'annonce dans *Libération*. Mais quand même assez vite, dans l'après-midi. Elle avait un peu hésité, le lui avait confié dans le bistro où ils s'étaient retrouvés peu après son appel. Il n'en revenait pas. Dès que la sonnerie avait retenti, il l'avait senti. Qui d'autre si ce n'est elle ? Sa voix dans le combiné. Assez assurée. Il ne sait pas, pas encore, qu'elle n'en mène pas large. Heureusement, elle ne peut pas voir qu'il tremble comme une feuille. Morte de trouille et de trac. Pas de simagrée. D'emblée tout est très simple entre eux. Il n'en croit pas ses yeux. Ni ses oreilles. Elle dit qu'elle lit *Libé*, souvent même les petites annonces en premier. Elle dit qu'elle l'avait repéré aussi. Et qu'elle avoue ça le scie. Il l'écoute, incapable d'articuler quoi que ce soit. Tout juste un oui quand elle lui propose de la retrouver au Rostand. À 18 h 30. S'il est libre, bien sûr. Bien sûr ! Sûr de rien en fait. Fait comme si. Comme si même pas peur, comme s'il allait de soi de s'installer en terrasse face au Luxembourg avec la femme qui, la veille, lisait en face de vous. Ne pas s'enfuir, ne pas s'en faire. Se laisser porter par la conversation qui se fait on ne sait comment, avec un naturel déconcertant. En crever de la séduire. Mais tout s'interdire. Mordre l'envie de l'embrasser. Déjà ? Non, mais calme-toi. La folie de rester sage. Lui sourire. Et silencieusement dire merci au métro Plaisance. La ligne 13 lui a-t-elle vraiment porté chance ? Vingt ans plus tard il se pose la question. Elle est drôlement difficile. Pourtant à l'époque, cette fille qui aimait Marguerite Duras et devant qui il était tout chose, pas question de la laisser passer. Mais pas pressé. Il avait pris tout son temps. Ne l'avait pas brusquée. Et d'ailleurs cela avait fait la différence, il l'avait compris, bien plus tard, au détour d'une confidence. Des garçons qui vous sautent dessus, ça court les rues. Alors que lui ne la brusque pas, qu'il passe la chercher à la librairie, lui parle de poésie, qu'il ait étudié les lettres avant de bifurquer vers le graphisme, qu'il aime Baudelaire autant que Rimbaud, marche des heures avec elle sans rien tenter, qu'il lui fasse la conversation entre deux clients et la raccompagne chez elle sans chercher à monter, ça lui avait plu. Il ne s'était rien passé pendant des semaines. Deux mois même. Puis tout, d'un coup. Premier baiser, première nuit, lit une place partagé, plus quittés. Et si c'était à refaire ? Eh ben, il recommencerait. Il ne changerait rien. Rien de rien. Même annonce dans *Libération,* et tant pis pour le chagrin, la frustration et le dépit. C'est peut-être con, mais c'est comme ça.

Il a bien compris qu'Isabelle n'en peut plus. D'ailleurs elle ne s'en cache pas. Elle se félicite d'avoir dit à la librairie de trouver quelqu'un pour la remplacer le samedi parce qu'elle est crevée. Quand elle dit ça, en soufflant sur sa tasse de thé, d'un coup il repense au jeu du Mille Bornes qu'adoraient les filles, voit le pneu explosé et leur bagnole kaput au bord de la route, le capot défoncé. C'est rare qu'Isa se plaigne. Ça n'arrive même jamais. Pas le genre de fille à geindre. Donc si elle se lamente, c'est qu'elle est au bout du rouleau. Tout au bout. Et ça l'effraie. Il n'a pas toutes les cartes en main, pas de botte ni de roue de secours, mais il est là. Pour elle. Et elle peut compter sur lui. C'est ce qu'il veut lui dire en caressant son bras, mais elle le retire vivement. Alors il joint paroles et promesses à ce pauvre geste avorté, s'engage à la décharger au maximum ce week-end. Elle n'a qu'à préparer la liste de courses, il ira à Carrefour tout à l'heure. Et au marché demain matin, comme ça elle pourra faire la grasse mat'. Il se jure aussi de faire des efforts pour arrêter de ne penser qu'à ça. Mais ça, évidemment, il ne lui dit pas, il le garde pour lui. De toute façon ce n'est pas gagné. Rien n'est fait pour l'aider. Il tombe dessus partout. Nez à nez. Nez à fesses, nez à reins, nez à seins. Dans la rue, sur le cul des bus, au bistro, au bureau, sous terre, dans les parkings, le métro, au ciné. Et même sans sortir de chez lui, sur le Web, à la télé, la radio, dans les journaux. Jamais jusqu'alors il ne s'était rendu compte que le sexe avait envahi la ville. Il aura fallu qu'il s'éloigne du sexe, ou plutôt que le sexe s'éloigne de lui, pour qu'il apprenne à le voir, et qu'il le voie partout. Il aura fallu qu'il disparaisse de sa vie pour qu'il s'aperçoive de son omniprésence, découvre à quel point il sature l'espace. Fessiers au galbe parfait, décolletés plongeants, poitrines opulentes, petits seins de Bakélite qui s'agitent dans de minirobes dévoilant d'interminables gambettes, strings, shortys et autres tangas qui font la fête et la leçon en voici en voilà, exhortant, c'est selon, d'attiser les ardeurs, feindre l'indifférence ou énerver la concurrence. Ces corps de femmes parfaitement épilées, sans un pet de gras, trop bien gaulées pour être honnêtes, affichées en quatre par trois, tout le monde les voit. Tout le monde peut les reluquer : les minus de la maternelle, les gamins rigolards du primaire, les collégiens prépubères, les célibataires, les bons pères, les pépés et tous les frustrés du monde entier dont il fait partie. Il trouve que tout ça manque cruellement de décence, que ce gavage frise l'outrage. Rabat-joie ? Peut-être. Et alors ? Le sexe l'écœure soudain, qui s'incruste dans toutes les bouches, s'immisce dans les conversations familiales, amicales et même professionnelles. Il a longtemps été le premier à rire aux histoires salaces des copains. Mais ce soir, il n'y arrive pas. La faute à Isa qui ne lui a pas adressé la parole de la journée, a passé tout le samedi enfermée dans la chambre de Roxane quand elle n'était pas prostrée en pyjama dans le fauteuil du salon. C'est comme si sa fatigue avait déteint sur lui. Rincé depuis le début de la soirée. Il ne se sent pas de taille face à la bande. Les potes, eux, sont particulièrement en forme. Et en verve. Le troquet ne va pas tarder à fermer, mais Seb s'en fout. Il vient de commander une dernière bouteille pour la route qu'il ne fera pas puisqu'il habite à deux pas. Voilà facilement trois quarts d'heure qu'il décrit les prouesses de son nouveau plan cul. Même Philippe, toujours avide de détails, finit par se lasser et lancer une blague de sa spécialité. Enfin, ce n'est pas tout à fait la sienne, il l'a entendue dans le taxi, sur Rire et chansons, juste avant d'arriver. Vous connaissez le MMS, les gars ? Les trois autres piaffent, s'interrogent, déjà hilares avant même que Philippe n'ait commencé. Quoi, les M&M's ? Lui s'attend au pire. Fixe son assiette où traîne un morceau de gras. Non, le MMS ! Sourire jusqu'aux oreilles, oreilles tout ouïe. Dans un couple, le sexe c'est toujours MMS. Au tout début, c'est Matin Midi et Soir, puis Mardi Mercredi Samedi, ensuite Mars Mai Septembre, et enfin Mes Meilleurs Souvenirs. Des applaudissements saluent cette chute. Philippe se lève, époussette sa veste et fait mine de s'incliner pour recevoir les compliments de ses compères éméchés. Nico se refait l'histoire en se marrant à gorge déployée et Seb n'en finit pas de se bidonner. Mais Olivier, comme lui, se tait. Il le remarque tandis que fusent les commentaires graveleux. Non, mais ça ne va pas, Dieu nous préserve de tout ça ! Une fois par semaine, déjà c'est quand même pas une aubaine. Et lui de calculer silencieusement, et les chiffres de s'afficher très lentement dans son esprit aviné : 1 mois = 4 semaines, donc 9 mois font 4 × 9 = 36 semaines. Et les nombres de tournoyer dans sa tête et sa tête de tourner dans un tournis généralisé. Et lui de s'entêter à recalculer le nombre de rapports sexuels qu'il a ratés, à raison d'un coït tous les sept jours, oui c'est bien ça : 36. Très loin, ses meilleurs souvenirs. La vexation le vrille soudain et une tristesse inavouée mais infinie s'abat sur lui, le terrasse comme un haut-le-cœur. Désemparé, il enfile son manteau, salue les copains, Désolé, je vais y aller. Seb râle, fait son vexé en lui tendant son verre : T'as même pas fini ton vin ! Alors il s'exécute, boit tout d'un trait et s'en va, mi-fugue mi-raison, sans se retourner. Sans réaliser qu'il laisse tomber son cœur en sortant. Dans le froid, sur le boulevard. Bouleversé.

Un bail que ce n'est pas le moment, qu'Isabelle a mal à la tête ou pas la tête à ça. Un bail qu'elle porte en collier la pancarte Prière de ne pas déranger. Des lustres de libido à zéro et puis Waterloo, un couple en déroute. Un gâchis immense. Inimaginable. Et minable. C'est le mot gâchis maintenant qui se répète et cogne de plus en plus fort dans sa tête, à mesure que se consume sa cigarette. Pas envie de rentrer. Encore envie du froid et de la nuit. Toute la nuit du monde s'engouffre dans son esprit. Il a beau fixer obstinément le trottoir, impossible d'empêcher ses yeux de venir s'accrocher à la façade en pierre de leur immeuble et de se suspendre au balcon de la deuxième fenêtre du troisième étage où dort Isa. Elle n'en peut vraiment plus de lui pour s'infliger ça, à cinquante balais, le pauvre petit lit une place de Roxane, les posters de midinette, le miroir en forme de cœur et le papier peint turquoise qui après toutes ces années a fini par se décoller par endroits. Il la dégoûte à ce point ? Est-ce que tout ça n'est pas du cinéma ? Un homme et une femme. Chacun de leur côté. Un homme qui ne dort pas et une femme qui s'assomme. Un homme sur sa tablette et une femme dans son bouquin. Un homme qui désire et une femme qui soupire. Un homme qui se désole, une femme qui s'enferme, les heures qui s'étirent et leur amour qui s'étiole. Et une fois de plus rien. Rien de rien. Rien n'endimanche ce week-end qui n'en finit pas. Rien ne rompt leur pauvre échappée en solitaire. Elle a bon dos, cette fatigue qui prend toute la place dans leur vie. Il veut bien croire qu'Isabelle est crevée. Mais il pense surtout qu'elle se fait chier comme un rat avec lui. Et la longue queue traînante du rongeur qu'il voit galoper dans l'appartement, la moustache aux aguets, avec son museau rose et pointu l'écœure, lui donne envie de gerber. Tout ce temps passé, perdu, à vivoter en espérant que la dernière fois qu'il l'a tenue nue dans ses bras ne soit pas la toute dernière… Il n'a jamais imaginé, pas même une seconde, qu'il ne ferait plus l'amour avec Isa. Parce que c'est tout bonnement impensable. Comment aurait-il pu se figurer que plus jamais il ne la toucherait ? Si encore elle l'avait prévenu… Comme les filles qu'ils allaient voir au parc, dix minutes avant de partir, histoire qu'elles puissent se préparer psychologiquement : On va bientôt rentrer ! Ou bien quand elles regardaient un dessin animé : Dans cinq minutes, on éteint. Mais Isa n'a pas sonné le glas de leurs ébats. Ni tocsin ni carton. Aucune annonce et zéro lettre avec ou sans accusé de réception. Il ne saurait dire comment cela s'est fait. Comment ils se sont éloignés. C'est comme si la distance s'était immiscée entre eux à leur insu. Imperceptiblement. Dans un lent, très lent, un interminable travelling. Difficile de déceler un glissement lorsqu'il se fait si progressivement. Quand la fréquence de leurs rapports sexuels s'est ralentie, il ne s'est pas alarmé. Il a d'abord mis ça sur le compte de l'épuisement, du stress, de l'anxiété. Et puis il est arrivé plusieurs fois que son désir s'étiole. À la naissance des filles par exemple, il n'a pas compté combien de temps ça a duré, mais il y a eu plusieurs mois sans sexe. C'était frustrant, bien sûr, mais pas si désolant. Leur nouveau rôle de parent les accaparait l'un et l'autre. Il avait su se montrer patient et Isabelle compensait. À l'époque elle l'embrassait sans compter et lorsqu'il n'en pouvait plus, elle se déshabillait devant lui et acceptait qu'il se masturbe en matant ses seins, son ventre, son sexe. Et même s'il ne la touchait pas, c'était lui faire l'amour quand même. Ses yeux sur sa queue valaient toutes les caresses. Souvent il la massait et ses mains à lui sur sa peau à elle leur faisaient du bien à tous les deux. Les sens d'Isabelle se désengourdissaient peu à peu, puis l'envie finissait par revenir. Alors quoi, il ne la touchera plus, plus jamais ? Non, impossible. Cette idée lui est insupportable. Il faudrait la faire entrer dans son crâne à coups de marteau puis frapper, frapper encore jusqu'à se convaincre que ce n'est pas grave. Il faudrait se faire une raison. Mais il n'y parvient pas et s'en désole et se maudit. Il n'arrive plus à tenir en joue le chagrin. Se laisse submerger par le dépit. Comment faire le deuil d'un corps qui s'agite devant vous tous les jours ? Il aimerait croire que les gestes entre eux n'ont pas disparu, qu'ils se sont endormis et que leur hibernation joue juste les prolongations. À moins que ce ne soit pas la bonne comparaison. Peut-être qu'il s'agit d'une panne du genre de celle de leur ascenseur Roux-Combaluzier, hors service l'an dernier. L'équipe de maintenance était intervenue d'urgence pour débloquer la cabine. Mais le désir d'Isa, qui pourra le réparer ? Est-ce qu'en amour aussi il existe une obsolescence programmée ? Si on lui annonçait qu'il ne fallait plus compter sur un quelconque rallumage, peut-être cesserait-il d'attendre comme un con. En lui brûle l'espoir que ça reparte, et cet espoir le tient autant qu'il le dévaste. Le vide lui pèse, le manque le mine, l'arc-boute, l'accable, ouvre en lui un abîme incommensurable dans lequel il tombe, s'effondre. Tête la première. Il aurait dû parler aux potes. Se confier. Ça lui aurait fait du bien. Il a le sentiment d'être seul comme jamais. Même en quarantaine il était plus entouré. La famille et les amis appelaient, prenaient des nouvelles, le plaignaient. Il ne se sentait pas si pitoyable. Le silence et la solitude le rongent autant que la frustration. Putain de chape de plomb. Il voudrait la faire sauter, exploser les barreaux, écraser le peuple muet d'infâmes araignées venues tendre ses filets au fond de son cerveau et chasser les chauves-souris qui y chient sans scrupule. La honte le fauche. Croc-en-jambe ! Il devrait se relever, ne pas céder à l'avilissement et s'appuyer sur ses copains. Mais non, jamais il ne pourra leur avouer, à Philippe, Seb, Nico et Olivier. C'est le verbe *avouer* qui lui vient. Est-ce un crime, dans notre société, de ne plus baiser ? Est-ce qu'il aurait dû passer aux aveux, leur dire entre quatre z'yeux qu'il ne faisait plus l'amour avec Isa ? La prochaine fois, il faudra leur lâcher qu'il n'en peut plus. Parce que oui, il n'en peut plus. N'en peut plus de vivre comme ça. Vivre comme ça, c'est mourir déjà, crever la gueule ouverte. Crevé lui aussi ! Il s'entraîne, formule mentalement quelques phrases sincères et sensées mais a bien peur de se décourager quand il faudra les prononcer. Les mots lui échappent, n'en font qu'à leur tête, sonnent mal, jouent les interprètes et lui font dire des gaudrioles. Ses phrases se nimbent d'une dérision qu'il cherche justement à éviter. Ne plus faire l'amour avec celle qu'on aime, c'est dur… Désespérant, disons. Humiliant. Triste à pleurer. Pas de quoi se marrer, vraiment. Il voudrait énoncer la vérité sans obscénité. Préciser qu'il a honte de cette abstinence et que cette honte l'habite en permanence. Ou plutôt que cette honte l'obsède, le hante. Empoisse chacun de ses gestes. Non, il entend déjà les rires gras de Seb. Pour qu'il puisse parler de tout ça, il faudrait ligoter les mots entre eux, les corseter. Cela les empêcherait de dérailler, de changer de sens, de direction et de signification. Il faudrait réussir à décrire la situation pathétique qu'il vit sans qu'aucune extrapolation lubrique ne détourne le lexique, qu'on l'écoute et qu'on le croie sans rien voir de grivois. Mais cela lui paraît impossible. Alors quoi ? Se taire ? La fermer à tout jamais ? Peut-être. Peut-être que l'abstinence est vouée au silence. Et la chasteté condamnée à l'incommunicabilité. Peine au carré.

Triste dimanche. Il traîne son cafard entre les étals du marché, poireaute des plombes pour acheter trois bananes et deux navets. Alors il fait le test. Juste pour voir. Sort son portable et dans Google tape blague de cul. 1 460 000 résultats apparaissent instantanément. En 0,32 seconde. Alors il efface cul et pianote à la place chasteté. Deux fois moins de références s'affichent : 645 000 seulement. De là à en déduire que la chasteté a moins de succès… En cliquant sur le premier lien, il tombe sur l'histoire d'un chevalier qui, avant de partir en croisade, appelle son écuyer, lui fait ses recommandations et lui confie la clé de la ceinture de chasteté de sa femme en lui donnant l'autorisation de s'en servir s'il n'est pas de retour dans dix ans. Adieu mouchoir, adieu cuirasse et départ en fanfare. Mais le mari a à peine franchi le pont-levis que déjà son écuyer le rejoint, affolé. Aurait-il oublié quelque chose ? Non, le rassure son serviteur. Heureusement toutefois qu'il l'a rattrapé, car la clé n'est pas la bonne. La chute amuserait sûrement Seb, toujours si bon public. Mais lui n'arrive pas à la trouver drôle. Même en inversant les rôles, même en se mettant en selle et en ceinturant mentalement Isa. La queue est encore plus longue à la boucherie. Il détaille les langues de bœuf et les langues de veau bien épaisses, livrées en pâture dans la vitrine, s'en repaît jusqu'à s'écœurer. Oui, ce sera tout ! Enfin, non, il espère bien que ce ne sera pas tout, mais ça évidemment, il ne le dit pas au boucher. Il ne lui dit pas non plus qu'il aimerait continuer à discuter, qu'il en a gros sur la patate à cause de sa soirée d'hier soir et aussi à cause d'Isa, pas sortie de sa chambre pour petit-déjeuner ce matin. Elle n'a même pas daigné lui ouvrir quand il a toqué à sa porte avec une tasse de thé qu'il a finalement laissée sur le palier. Elle s'y trouve d'ailleurs toujours lorsqu'il rentre chargé comme un baudet. Il range les courses en respectant les habitudes d'Isabelle, retire les sachets marron, empile soigneusement les endives et les carottes dans le bac à légumes, dispose les avocats et les fruits dans un plat puis met la table et enfourne le poulet en espérant que Madame daignera y goûter. Il s'installe ensuite dans le salon, allume son ordi et ouvre une page Excel, bien décidé à faire le point. Et l'inventaire. Répertorier ce qu'il aime chez elle ne lui pose aucun souci. Il n'a pas à se creuser la tête. Ses doigts cliquettent longtemps sur le clavier avant qu'ils ne s'arrêtent : 123 lignes. Cent vingt-trois raisons de rester. Inutile de les énumérer. Le reflux de la baise n'a donc pas tout emporté. Il entreprend maintenant de lister ce qu'il espère qu'Isa apprécie encore chez lui, et là les choses se corsent. Le curseur clignote. Clignote dans le vide. Longtemps. Alors finalement il décide d'énumérer les délicatesses qu'elle a pour lui. Plus facile et surtout moins de chance de se tromper. Les mots sur le frigo quand elle rentre tard, Il reste une tomate farcie et des haricots à réchauffer, la Corona qu'elle n'oublie jamais d'acheter et aussi les esquimaux et les sorbets qu'elle empile dans le congélo après avoir jeté la boîte en carton pour gagner de la place. Bon… Aussi gentilles soient-elles, ces intentions ne sont toujours que domestiques. Il n'a aucune envie de n'être pour elle qu'une tomate. Même farcie. Mais il y a aussi ses conseils vestimentaires, Polo bleu, pull marron, pantalon noir : trop de couleurs ! les chaussures qu'elle lui recommande de cirer, Et mets une ceinture sur ton jean, toutes ces remarques qui prouvent qu'elle le regarde encore. Qu'elle l'embrasse au moins du regard. Et puis Élodie et Roxane ont beau être parties, Isabelle n'a pas sacrifié leur déjeuner du dimanche. Et ça, c'est quand même une preuve. De quoi ? Il ne sait pas bien mais reste persuadé que c'en est une. Chaque dimanche, elle continue de rapporter du marché le gratin dauphinois et le traditionnel poulet qu'il a eu à cœur d'acheter à sa place aujourd'hui. Il y a dans ce geste un passé, des souvenirs avec les filles, une famille, tout un monde, leur monde, alors tant pis s'il n'est que machinal, il s'y accroche. Il en est là, en plein naufrage, à tenter de se hisser tant bien que mal sur cette planche de salut lorsqu'il entend toussoter. La voilà ! Plus en pyjama, habillée. Pas maquillée mais souriante. Isabelle trouve que ça sent bon. C'est prêt, justement. Elle boirait bien un coup et propose de découper le poulet pendant qu'il débouche le vin. Aussitôt dit, aussitôt fait. Tchin ! Qu'elle retrouve la forme le plus vite possible. Il la regarde droit dans les yeux en trinquant à sa santé. Isa, elle, trinque à eux, et son *À nous !* l'émeut. Le ton, la joie qu'elle s'efforce d'y mettre le fait presque sonner comme un *Je t'aime*. Il choisit une cuisse, elle du blanc, avant de piquer du bout de sa fourchette la partie la plus tendre, qu'elle l'invite à prendre. Tu ne la veux vraiment pas, t'es sûr ? insiste-t-elle. Si, finalement il l'accepte. C'est sa façon à lui de conjurer le sort, de lutter contre la malédiction de ce nom fort à propos : sot-l'y-laisse ! Non, ce ne sera pas tout. Il ne lâchera pas le morceau. Ne laissera pas Isa, ne sera pas ce sot-là.

Est-ce qu'on peut rester cul et chemise avec sa femme quand elle ne vous montre plus son cul et refuse d'enlever sa chemise ?

300 jours sans toucher Isa.

Il compte, compte, compte et recompte, l'apothicaire. Ils ont fait l'amour pour la dernière fois le samedi 18 janvier 2020… 13 jours en janvier + 29 jours en février + 31 jours en mars + 30 jours en avril + 31 jours en mai + 30 jours en juin + 31 jours en juillet + 30 jours en août + 30 jours en septembre + 31 jours en octobre + 13 jours en novembre = 300 jours. Oui, c'est bien ça, 300 jours sans toucher Isa. Il compte, compte dans son lit, compte dans la rue et continue de compter au bureau. Il s'est transformé en comptable de leurs ébats, il y a bien longtemps, mais n'a jamais tenu un tableau Excel de leurs baises. Pas la peine. Le compteur tourne, tourne et les chiffres s'affichent en gros dans son cerveau. En 2018, ils l'ont fait cinq fois. Et en 2019 trois fois. Trois fois en tout. Trois fois, c'est tout. Déjà plus pareil. Poussif. Le désir d'Isa s'était enfui. Et ses gestes avaient changé. Mécaniques. Empesés d'une roideur et d'une froideur effrayantes. Quand son désir a commencé à s'effilocher, à l'époque où ils baisaient encore de temps en temps, à intervalles de plus en plus espacés, mais de temps en temps quand même, c'était souvent la chandeleur avant l'heure. Elle faisait la crêpe, corps collé au matelas. Et se laisser retourner sans mouveter. Sur le ventre, sur le dos. Recto, verso, plus bouger. Autant faire l'amour à une morte. Ils avaient beau être deux, c'était un plaisir solitaire. Du sexe pour du sexe. Pénétratif, expéditif. Déceptif. Il avait la sensation qu'elle s'acquittait de sa tâche, bâclait cette corvée, repoussait sa main, refusait les caresses et les préliminaires pour que cela dure le moins longtemps possible. La toute dernière fois où ils l'ont fait, le samedi 18 janvier 2020, il l'a même soupçonnée de simuler. Il n'a jamais osé lui en parler. Parce que c'est peut-être ça, pouvoir encore et toujours s'aimer, mentir d'amour. Mais il le voyait bien, qu'elle se forçait. Il le sentait. À sa sécheresse, à son air absent. Corps vide et tête ailleurs. Ça l'avait vexé qu'elle boude ainsi son plaisir, refuse d'aller le chercher malgré le mal qu'il se donnait. Alors en plus qu'elle fasse semblant… Il avait lui-même fini par se débiner. Débandade généralisée. Aujourd'hui il regrette. Puisqu'elle ne disait pas non, puisqu'elle prenait sur elle, se motivait quand même, puisqu'elle faisait son devoir conjugal, il aurait dû s'en foutre. Littéralement. Éjaculer en elle. Ou mieux, sur elle. Dans son cou, sur ses seins si ronds, son ventre si doux. Partout. Et tant pis s'il y avait du sperme sur les draps, et tant pis si les filles voyaient les taches quand il leur arrivait encore de débarquer dans leur lit. Ça aurait été toujours ça de pris.

Finalement la langue part bien avant le cul. C'est presque du jour au lendemain qu'on ne la met plus. Avant que tout s'arrête, il y a eu cette période, assez longue, durant laquelle Isa acceptait encore de faire l'amour avec lui, mais sans l'embrasser. Un peu comme une prostituée. Sauf qu'elle n'était pas payée. Il n'a pas tout de suite réalisé qu'elle s'arrangeait pour qu'il ne puisse plus trouver sa bouche quand il la cherchait. Mais un jour, il a compris. Il se souvient très bien de ce soir-là. Comment oublier ? Cicatrice jamais vraiment refermée. Il s'affaire sur le lit de ce qui était encore leur chambre. La prend comme elle aime. Comme elle aimait. À genoux face à elle, allongée. Son dos plaqué au matelas, ses fesses fuselées qu'elle soulève, ses cuisses tendues et ses jambes en l'air qu'il agrippe. Elle adorait cette position, parce qu'elle le sentait bien en elle comme ça, c'est ce qu'elle disait autrefois, et lui aimait la voir bouger, regarder ses yeux et sa bouche et son ventre et ses seins. Si sexy ses seins. En liberté, échappés de la nuisette en soie qu'il n'a pas pris la peine de lui enlever en entier. Juste retroussée pour mieux la trousser. Ce soir-là, alors qu'il se penche pour poser ses lèvres sur celles d'Isabelle, sa tête tressaille, se détourne sur le côté. Comme s'il l'avait piquée. Il peut encore décrire très précisément la brusquerie de ce mouvement qui le surprend, la détermination qu'il lit dans ses yeux à cet instant. Et son visage vide. Sa blondeur emmêlée, la blancheur de sa peau sur la taie grise, son profil découpé sur l'oreiller. Son regard perdu. Loin. Il caresse sa joue, relève son menton avec une infinie douceur, attire son visage vers lui, et c'est alors qu'il se détourne encore, de l'autre côté cette fois. Bruit sec de gâchette dans sa tête. À cet instant-là, il saisit : Isabelle ne veut pas, ne veut plus se laisser embrasser par lui. Mais pour quelle raison ? Sidéré, foudroyé. Il n'ose pas l'interroger. Peur que ça leur porte la poisse. Peur du plus d'effort et de la tête dans le guidon. Pourtant s'il l'avait fait à l'époque, ils n'en seraient pas là. Il aurait dû lui demander pourquoi. Pourquoi fini, la langue ? Pourquoi plus sur la bouche ? Cette bouche dont elle ne veut pas, il la ferme. Ferme sa gueule. Mord ses lèvres sur un cri muet. À ce moment-là, il ne sait pas, pas encore, que ce refus sonne le début de la fin. Mais il n'en revient pas. Alors quoi ? Il s'est donc soudain mis à l'écœurer ? Est-ce son haleine qui l'insupporte ? Ses muqueuses buccales qui empestent ? Dans le doute, il se met à faire des bains. Pour rien. Achète le produit rouge, 15 ml d'Eludril à diluer dans le gobelet, pauvre drille, et aussi de la Listerine verte Fraîcheur intense, glouglouglou, durant trente secondes deux fois par jour au moment de se brosser les dents. Il n'a pas persisté longtemps car cela n'a donné lieu à aucun changement. Il a réessayé de l'embrasser. Plusieurs fois. Pour vérifier. Voir si c'était vraiment non, vraiment fini. S'il avait bien compris. Comme un gamin qui se désespère, transgresse l'interdit pour tester sa mère. Il a tenté sa chance à différents moments de la journée. Un matin dans la cuisine, avant de partir travailler, après un déjeuner arrosé ou encore un soir avant de se coucher. Et chaque fois Isa a détourné la tête, présenté sa joue avec un petit sourire. Un peu navré, le sourire. La langue, il a finalement appris à s'en passer. Il ne saurait d'ailleurs dire à quand remonte la dernière pelle qu'il a roulée à Isabelle. C'est comme ça qu'il disait autrefois dans son pensionnat, avec les copains, quand ils roulaient des pelles, des patins et des mécaniques. Il arrive parfaitement à circonscrire dans le temps la dernière fois qu'ils ont baisé ensemble. Mais dater la dernière fois qu'ils se sont embrassés, enfin vraiment embrassés, yeux fermés, avec entrain, la langue et les mains, ça, impossible. Est-ce que c'est pareil pour tous les couples installés ? Est-ce qu'on est tous condamnés à ne pouvoir se souvenir que du premier baiser ? À oublier le dernier, celui qu'on se donne sans tricher, avant de se contenter de tous les faux. Les faux-culs, les chastes, les pincés, les réflexes, les ratés, les tout secs, du bout des lèvres et du cœur, les au petit bonheur la chance qui tombent un peu partout, atterrissent sur la joue, le front ou le menton, mais jamais dans le cou, les ersatz de la conjugalité, matin et soir, dose prescrite à ne pas dépasser, juste avant de partir de la maison, un pied déjà sur le paillasson, et une fois rentré, seulement après avoir ôté chaussures, manteau et parfois même jeté un œil dans le frigo. Tous ces pâles échantillons du passé auxquels il n'a plus même le droit, pauvre hère qu'il est.

Cela fait environ un an qu'il s'en est rendu compte : Isa déploie des trésors d'inventivité pour le tenir éloigné, l'éviter, surtout ne pas le frôler. Il voit bien qu'elle fait tout pour le mettre à l'index. Et ça le vexe, le blesse. Il voit bien qu'elle s'arrange pour que son corps n'entre plus en contact avec le sien. Leur scénographie conjugale s'en trouve totalement transformée. Au début ça l'a déboussolé. Mais il a fini par trouver ses repères et même réussi à dresser un simili de cartographie.

DEBOUT, Isabelle veille toujours à laisser entre eux un certain écart. Ce n'est pas une distance de courtoisie. Non, il n'y a rien de poli dans cette distance. C'est une distance de sécurité. Un geste barrière, comme on dit maintenant. Une frontière sur laquelle elle veille en douanière.

QUAND ILS MARCHENT DANS LA RUE, difficile de réussir à suivre ses si grandes enjambées. C'est comme si elle voulait le semer. Il ne peut s'empêcher de se demander de quoi ils ont l'air. De collègues, de copains ? Non, ils se tiendraient moins loin. Peut-être ne ressemblent-ils déjà plus à rien. Ou alors à des étrangers. De sinistres inconnus. Peut-être que pour elle il n'est déjà plus personne. Nobody. En deux mots aussi. No body, corps coupé, statufié. Bloc de béton. Laisse béton ! Oh, oui, il a laissé tomber depuis longtemps. Rien à faire. Impossible de passer son bras sous le sien, collé à ses côtes. Impossible de lui prendre la main. Toujours planquée, plaquée dans les poches de son pardessus ou de ses parkas. Manteaux d'indifférence, printemps, été, automne, hiver, toujours la même tendance.

DANS LE MÉTRO, LE TAXI OU AU RESTAU, quand ils doivent s'asseoir côte à côte, bien obligés, elle s'entoure d'obstacles, pose entre eux sa veste et son écharpe ou se retranche derrière son sac. Terrain miné, attention danger. Pas intérêt à s'approcher.

À LA MAISON, c'est encore plus compliqué. Sa stratégie fluctue à la fois selon sa position et la pièce occupée.

DANS LE SALON, elle lit désormais toujours dans le fauteuil, plus jamais dans le canapé, histoire d'être sûre qu'il ne puisse pas s'installer à côté d'elle.

DANS LEUR MINUSCULE CUISINE, si exiguë qu'on ne peut passer à deux sans s'effleurer, elle s'organise pour obstruer le chemin.

Debout, elle déplace la poubelle à pédale, ouvre le tiroir des couverts, vide le lave-vaisselle. Et évite de s'approcher de l'évier quand il rince la salade. On ne sait jamais, un accident est si vite arrivé…

Assise. À table, elle a pris la place d'Élodie pour s'éloigner un peu plus de lui. Dispose tout ce qu'elle peut entre eux, plats, faitout, moutarde, cornichons. Et ne lui demande plus ni le pain ni le sel. Elle les prend elle-même.

DANS LA SALLE DE BAINS

Jusqu'à cet été, Isabelle sortait encore parfois de la douche dans sa serviette, pas toujours bien enroulée. Alors il lui fallait serrer les poings pour boxer l'envie de la lui arracher et fermer ses yeux de tartuffe. Mais couvrez ce sein que je ne saurais voir ! Par de pareils objets, les âmes sont blessées et cela fait venir de coupables pensées. Problème réglé, plus rien ne dépasse désormais. Il a suffi à Isa d'un tour de clé pour s'ôter de sa vue. Privé, défense d'entrée. Privé de tout. Depuis la rentrée, elle s'enferme pour pisser, s'enferme pour se démaquiller, s'enferme pour se déshabiller, se laver et même pour se brosser les dents. L'autre soir, après le dîner, il a essayé de la mater. À la dérobée. Son œil de scélérat contre le trou de la serrure. Voyou, voyeur. Juste du bleu devant les yeux à cause du peignoir suspendu à la patère. Pourtant le verrou, quand les filles étaient petites, il était formellement interdit de le pousser, IN-TER-DIT, vous m'entendez ? Ce qui n'avait pas empêché Élodie de se retrouver coincée, les interdits sont faits pour être transgressés. Quand elle avait compris qu'elle n'arriverait pas à rouvrir, elle l'avait appelé, papa, papa, fait tout un cinéma, trémolos dans la voix. L'organisation, c'était le job d'Isa, mais les conneries, toujours pour lui. Depuis l'autre côté de la porte, Élodie s'était mise à pleurer, pleurer, Pardon papa, je ne recommencerai plus, promis, mais sors-moi de là, s'il te plaît. Et tandis qu'elle pleurait, pleurait et que Roxane tentait de la consoler, T'inquiète ça va aller, il va t'sauver, il avait couru chercher son couteau suisse et avait finalement eu raison du loquet.

Peut-être que c'est comme ça pour tout le monde. Quelque chose qui ressemble à la fatalité. Peut-être que personne n'y peut rien. Que ce mot à la con, l'usure, il n'y a pas moyen d'y échapper. Peut-être que faire la nique à la routine reste mission impossible. La bite qui suinte sur le T-shirt pas enlevé parce que trop envie et qu'il faut le faire là tout de suite maintenant et tant pis si c'est dans la cuisine et que le voisin se rince l'œil, le chaud de la douche qui n'en finit pas de couler et le froid du carrelage qui étonne ses tétons durs entre les doigts : tout ça c'est peut-être un temps que les couples ensemble depuis plus de vingt ans ne peuvent plus connaître. Une époque qu'on n'arrive jamais à ressusciter. Quoi qu'on fasse. Malgré toute la bonne volonté qu'on y met. Et peut-être que ce n'est pas la peine de se mettre martel en tête. Peut-être que c'est trop de chagrin pour rien. Peut-être qu'il ferait mieux d'accepter. Se convaincre que c'est comme ça. Point barre. Mais non, il n'arrive pas à se résigner. Le 20 novembre, cela fera vingt-trois ans qu'ils se sont rencontrés et il a envie de fêter ça. Dignement. Et ailleurs. Pour changer d'air. Deux jours qu'il cherche une idée, mais ça y est, il a trouvé. Il va l'emmener à Étretat. Pour refaire la photo comme autrefois au pied des falaises. Elle, son caban rouge et l'ébouriffé de ses cheveux que le vent agace. Lui avec sa grosse veste canadienne. Ils avaient quoi ? Vingt-huit, vingt-neuf ans, trente maxi puisqu'Élodie n'était pas encore née. Oui, Étretat c'est une bonne idée. Reste plus qu'à trouver un hôtel. À Honfleur, ce serait sympa. Plus animé quand même mais pas trop loin. Quarante-trois minutes d'Étretat par l'A29 confirme le site Michelin. Comme ça, le dimanche, balade et déjeuner sur le port. Parfait ! Il erre longuement sur Internet. Se décide finalement pour l'établissement le mieux noté sur Tripadvisor : la Ferme Saint-Siméon. Un Relais & Châteaux absolument charmant, niché dans une auberge du XVIIe siècle, où venaient jadis peindre les impressionnistes. Boiseries, poutres, cheminée, jardin planté de pommiers, Isa va adorer. Il le sait d'avance et se réjouit de son coup, l'entend déjà répéter en boucle Mais t'es fou ! Mais t'es fou ! La suite est malheureusement déjà réservée ce week-end-là, en revanche il reste une chambre avec une terrasse qui donne sur l'estuaire. Sur la photo, une table est dressée pour le petit déjeuner, avec viennoiseries et jus d'orange pressé dans des verres à pied. Il s'y voit déjà avec elle. Le mail de confirmation qu'il reçoit est assorti d'un compte à rebours. Rendez-vous dans quatre jours.

Au moins ce week-end, ils vont pouvoir sortir de la routine, comme disent les magazines. De toute façon, ils ne risquent pas de faire l'amour dans le lit une place de Roxane. Non, ce n'est pas à Paris qu'il va y arriver. Il veut mettre le paquet, toutes les chances de son côté. Il faudrait l'envoûter, la faire succomber comme dans cette pub à la télé : lui en chemise blanche, costume noir et cravate dénouée assortie, le sourcil fourni, la peau mate et l'audace dans son regard que rien n'arrête ; elle à son côté, robe légère, épaules nues, tête en arrière, déjà conquise, pâmée, le souffle court de sa bouche entrouverte, ses yeux fermés pour mieux le sentir, le humer. Et si ça marchait vraiment, le coup du parfum ? Il va s'en acheter un. Pathétique peut-être, mais plus à ça près. Et puis il en profitera pour trouver des petits cadeaux qu'il lui offrira à Honfleur. Il n'avait jamais réalisé qu'autant d'enseignes se disputaient le marché. Délit de patronyme ou faute aux rimes, il élimine d'entrée de jeu Marionnaud. Marionnette, mariole, marri et puis corniaud, lourdaud, péquenaud, non merci. Du coup, il hésite entre Sephora et Nocibé, puis opte finalement pour le premier à deux pas de son bureau. Des années qu'il n'a pas mis les pieds dans ce genre de magasin. Autrefois, c'était Isa qui lui offrait son parfum pour la Saint-Valentin, et puis en grandissant, les filles ont pris le relais à la Fête des pères. Comme elles disent, c'est le cadeau parfait qui te sauve quand t'as pas d'idée. Vous cherchez quelque chose pour madame ? La vendeuse tout sourire s'appelle Margot, c'est marqué sur le badge épinglé sur son corsage. Il explique que non, c'est bon, il a déjà trouvé un rouge à lèvres, une crème pour le corps et du bain moussant. En fait, le parfum ce serait pour lui… Alors dans ce cas, les hommes, c'est par là, suivez-moi. Il ne sait pas ce qu'il veut. Mais pas de souci, Margot est là pour l'aider. Voici déjà une première mouillette. Une envie de se marrer lui monte au nez. Faire mouiller sa femme, tout le monde l'a bien compris, c'est exactement ce dont il rêve, et décidément les bandelettes le poursuivent ! Guitare, tatouages, bracelets, colifichets et khôl sous ses yeux fixes, Johnny Depp semble compatir. Mais non, Sauvage, pas du tout son truc. Peut-être des agrumes et des écorces boisées alors. Bleu de Chanel ? Oui, déjà mieux, Gaspard Ulliel. La classe mais le regard tout de même un peu trop gentillet. Ce qu'il lui faudrait, c'est quelque chose à mi-chemin entre le jeune premier et le rocker destroy. Cool Water de Davidoff, peut-être ? Oui, peut-être. Cette fraîcheur florale l'affole. À moins que ce ne soient les abdos de ce beau gosse qui sort de l'eau. Sa bouée compressée sous sa veste et sa doudoune lui fout les boules tout à coup. Pourtant pas le moment de complexer, pas le moment de penser au gras en trop et aux cheveux en moins. Infoutu de se décider. Désolé, vraiment, vaut mieux arrêter là. Mais non, voyons, on va y arriver. Brave Margot ne se décourage pas, s'agite en tous sens avec grâce, se baisse, s'accroupit, se relève, tend un bras puis l'autre, se baisse encore, se redresse sur la pointe des pieds, se déplace à droite, à gauche et revient lui proposer autre chose. Elle va finir par le faire bander à ce rythme-là. Glissade, entrechat, arabesque, battement, pas de bourrée, piqué ! C'est une danse étrange, un mambo de mouillettes endiablé. Une démonstration d'élégance Allure, Habit rouge. La promesse d'un éden où coulent l'Eau sauvage et l'Or du verger. Parfois aussi un interdit, Gentlemen only ! Il ne s'en sort pas. Oh, aucune idée... Pauvre Margot qu'il fait tourner en bourrique. Trop compliqué tout ça. Lui, l'odeur de sainteté lui suffirait. Il s'apprête à laisser tomber quand... Ben ça, c'est parfait ! Il se décide enfin pour Dior Homme, le nouveau parfum. Ce qui fait la différence, ce n'est pas sa fragrance intensément boisée et cuirée, car à ce stade il ne sent plus rien. Non, il se décide à cause des mots de Margot. I'm your man, dit-elle avec un accent charmant. Pour elle, ce n'est sans doute qu'un slogan. Mais soudain il l'entend. Leonard Cohen. Son timbre profond et grave, inimitable. L'effroyable tendresse de sa voix le cueille. Parce que ça, il pourrait le chanter à Isa. En anglais, en français et même en javanais : I'm your man. Si elle veut un lover, si elle veut un boxeur, si elle veut un docteur, et même si elle veut la lune, il est son homme. Ses yeux s'embuent, le voilà comme un con au milieu des rayons. Il remercie la vendeuse en l'appelant par son prénom, et Margot le laisse faire, brave Margot. Ce n'est pas des façons, mais pas grave. Elle ne lui en veut pas, contente qu'il ait trouvé. Ben vous voyez ! Révérence. Plus qu'à payer. La carte de fidélité ? Non, il ne l'a pas. Vous devriez la prendre. Ah, vous croyez ? Pressé, une autre fois.

Il compte les jours, les décompte plutôt. Avec un trac de jeune homme qui s'apprête à retrouver sa fiancée. Sa hâte et son anxiété enflent à mesure que se rapproche le jour J. Le 20 novembre c'est vendredi, et vendredi c'est après-demain. Il a mis dans ce week-end tout ce qu'il lui reste d'espoir, son cœur battant, ses rêves de retrouvailles et tant d'attentes... Démesurées, et sans doute idiotes, mais tant pis. Tant pis si tout cela est illusoire. Cette escapade, c'est sa façon à lui de lutter. Contre tout ce qu'ils ont perdu et qui ne reviendra jamais en continuant ainsi. Et soudain de réaliser que ça ne va pas le faire, Isa ne va pas vouloir partir. Deux mois qu'elle pionce dans la piaule de leur fille, deux mois qu'il se désole qu'elle ne dorme plus avec lui, et lui, il ne trouve rien de mieux que de réserver UNE chambre d'hôtel. Non, ça ne va vraiment pas le faire, Isa va se buter. Mais non, arrête ! Une bête cornue ricane dans sa tête. Au moins à Honfleur ta femme ne pourra pas aller dormir ailleurs, tu l'auras sous la main et tu la sauteras enfin. Stop, se calmer. Respirer. Alors maintenant on fait quoi ? Compliqué. Réserver deux chambres ? Pas envie et puis pas les moyens. Demander des lits simples dans ce cas ? Pas cap. Mais il a vraiment peur qu'Isa ne se sente piégée. Pas question de la braquer. Alors au diable la surprise, il va lui soumettre l'idée du week-end. Oui, il va lui en parler ce soir, dès qu'elle rentrera. Et si elle refuse ? Eh ben… Il annulera. Mais il va tout faire pour la convaincre. Et commencer par lui préparer un bon dîner. Il quitte le bureau à 18 heures et passe chez le poissonnier, pêcher des idées comme disaient autrefois les filles. Coquilles Saint-Jacques, haricots verts frais et nappe blanche. Il faut que cette soirée d'annonce ait un parfum d'exception. Que les parfums, les couleurs et les sons se répondent, correspondent. Préparer un dîner aux chandelles, en rêvant que quelqu'un la lui tienne, c'est idiot, il en convient mais assume. Une douche, quelques pschitts de Dior dans le cou et sur le torse, une chemise propre. Maintenant prendre l'air dégagé et patienter sur le canapé. Il a vingt ans. Il n'a plus vingt ans depuis trente-trois ans, mais il a vingt ans quand même. Impossible de faire autre chose que d'attendre Isa. Alors il l'attend. L'attend. Jette toutes ses forces dans cette attente. Ne l'a peut-être jamais attendue si fort. Ranger l'appart, repasser sa chemise, se raser manuellement comme il le fait de temps en temps pour les grandes occasions : il a tout tenté pour tromper l'attente, décidément de plus en plus difficile à berner. Isa ne va plus tarder. Il entend déjà le ton sur lequel elle lancera son Bonsoir ! Maintenant elle étire son sourire et les dernières syllabes chaque fois qu'elle rentre ou qu'elle part, et il ne peut s'empêcher de se demander pourquoi, pourquoi elle fait ça, si c'est exprès ou à son insu. Il ne peut s'empêcher de se demander si cette élongation orale ne vise pas à compenser sa mise à l'écart. Peut-être qu'Isa allonge les mots pour raccourcir la distance qu'elle instaure entre leurs corps. En tout cas, elle laisse traîner sa voix depuis qu'elle ne le prend plus dans ses bras. Elle redouble aussi désormais de gratitude. Ou plutôt dédouble ses remerciements, les prononce par deux, merci merci, comme les baisers qu'elle distribue. Aux autres seulement. Soudain sa clé dans la serrure. Pouls en vrac, chamade et chakras béants. Il lui dit bonsoir comme si de rien n'était. De toute façon rien n'est : ça dit Salut du bout des lèvres, pose son sac, son trousseau, ôte son manteau et trace direct dans sa chambre. Ambiance ! La déception qui crible sa poitrine ne l'empêche pas de lever son cul du canapé. Cap sur la cuisine. Il sort du frigo les haricots verts frais qu'il a équeutés, avec amour s'il vous plaît, et les plonge dans la casserole en rêvant que sa femme y passe. Idées mal placées, il ne pense qu'à ça, on sait. Come back d'Isa qui s'extasie sur la table qu'il a mise. Oh, merci, merci, c'est beau tout ça. Ah, quand même ! Il ne lui en faut pas plus pour retrouver le sourire. Attends ma jolie, tu n'as encore rien vu. Tire-bouchon, bouche en cœur, et condrieu, mesdames et messieurs ! Isa s'assoit pour trinquer. Il s'apprête à annoncer le menu quand un *Dis donc, ça cocotte !* le tue. Défait. D'un coup il a cent ans. Non, mille. Dos cassé, rêves piétinés. À deux pieds. Et joints, les pieds. Voilà qu'elle remet ça. Ah oui, dis-moi, ça cocotte à mort ! Elle veut donc sa peau. Oh, non, t'inquiète, elle n'en veut pas. Ni de ta peau, ni du reste d'ailleurs. Raté. Baudelaire en baudruche. Pour l'ambre, le musc, le benjoin et l'encens qui chantent les transports de l'esprit et des sens, faudra repasser. Voilà, il n'est donc plus que ça. Une poule. Une cocotte. Minute. Et prête à exploser.

Il lui faut une bonne demi-heure et trois verres pour s'en remettre. Isa décrète qu'elle est affamée. Eh bien, depuis le temps, elle l'en voit ravi. Même vexé, cela reste un régal de la regarder se délecter, poser sa cuillère pour boire la soupe de butternut qui lui dessine une moustache, dévorer les saint-jacques en le félicitant sur la cuisson, s'extasier sur l'assaisonnement des haricots, T'as mis quoi dedans ?, et reprendre du fromage avant de remarquer que pour une fois c'est lui qui n'a rien avalé. Qu'est-ce qui se passe ? Il hésite puis se lance. Il veut dire Tu me manques, il veut dire Je t'aime, mais il parle des falaises, du week-end qu'il a organisé à Honfleur pour les vingt-trois ans de leur rencontre, et sans doute cela revient au même. Il confie qu'il souhaitait lui faire une surprise mais qu'il a finalement eu peur que cela ne lui plaise pas. Mais tu plaisantes ? Elle pose son pain, se réjouit, des exclamations plein la bouche soudain. Il n'en revient pas. Ne s'attendait pas à un tel enthousiasme. C'est une vraie joie à n'en point douter, qui creuse les joues d'Isabelle, plisse ses yeux, les fait briller et le bouleverse. Il la regarde sans vraiment l'entendre. Mais c'est assez pour la comprendre. Formidable, trop longtemps, pèlerinage, marcher, voir la mer, bol d'air, et des huîtres ! Les mots saisis au vol valident le programme qu'il a imaginé. Pourtant il redoute la suite, qui vient assez vite. Sous forme de question. Tu veux partir quand ? Elle ne laisse aucun blanc. J'opterais plutôt pour le samedi matin, répond-elle d'emblée. Et même si à l'oral rien ne distingue les deux formes du verbe, il sait qu'elle n'emploie pas le futur mais le conditionnel. D'un coup il n'est plus sûr de rien, d'un coup l'escapade n'est plus un rêve à portée de main. Juste une fumée qui s'enfuit au loin, un hypothétique projet, avorté à peine envisagé. Elle va finir tard le vendredi soir et puis de toute façon il y a toujours des bouchons à la sortie de Paris, alors autant partir le samedi matin. Si ça ne le dérange pas. Et si c'est possible ? Non bien sûr que non, pas de souci, tout est possible. L'horizon s'éclaircit. La fumée se dissipe, laisse apparaître leurs silhouettes et l'échancrure des valleuses qui entaillent les falaises. Il devrait se sentir soulagé. Ils vont partir en week-end. À deux. Peut-être même en amoureux. Mais quelque chose retient sa joie à lui. La cache, la gâche. La librairie, les embouteillages, tout cela s'entend. Mais il ne peut s'empêcher de penser qu'Isabelle a triché, habilement, certes, mais triché quand même. Il ne peut s'empêcher de penser que tout ça n'est qu'un prétexte, l'excuse pudique qu'elle a trouvée pour raccourcir le week-end. S'éviter un petit déjeuner et surtout une nuit avec lui. Contourner le sujet ne l'a pas rassuré. Le lit qu'il a vu sur le site Internet de l'hôtel prend désormais toute la place dans sa tête.

Il ne s'attendait pas à ce qu'elle lui offre un cadeau. Encore moins ce soir. D'autant qu'il avait prévu de lui donner les siens demain, à Honfleur. En revanche, il a tout de suite su ce que cachait le paquet qu'elle lui a tendu. Un livre, évidemment. Un beau livre, vraiment beau, grand, lourd et très gros. Cinquante ans de photographie française, de 1970 à nos jours. 416 pages, avec une couverture toilée, toute rouge, sur laquelle se détache un cercle noir, écrit par un certain Michel Poivert, spécialiste de l'histoire de l'art et pro de la photo. Isabelle est partie se coucher pour être d'attaque demain. Elle l'a dit ainsi et l'expression l'a heurté. Il s'est demandé qui elle avait dans l'idée d'attaquer, mais qu'elle veuille être en forme pour leur week-end le réjouit. Maintenant qu'il a tout débarrassé et lancé le lave-vaisselle, il s'autorise à feuilleter l'ouvrage, le temps d'une dernière cigarette. S'intéresse d'abord au texte puis se focalise sur quelques clichés. Ici, une femme à son bureau, occupée à prendre des notes, le gros combiné d'un téléphone coincé sous l'oreille, toute floue, contrairement à la photo épinglée au mur, celle d'un bébé, le sien sûrement, qui semble l'observer, la juger, mais pourquoi n'est-elle pas avec lui à la maison ? Là, une demoiselle en chemisier blanc, les cheveux au carré, qui exhibe la longue natte qu'elle vient de couper. Plus loin, le portrait d'une fillette albinos, paupières closes. Il a terminé sa clope mais tient à passer rapidement en revue toutes les photos. Il en a déjà observé une trentaine lorsqu'il tombe en arrêt sur une image démente. Un homme debout, tête coupée, pull et pantalon noirs sur fond blanc, bras ballants, bite à l'air et gland apparent. En train de pisser. Ou plutôt, même si c'est étrange à dire, en train de se faire pisser. Par deux mains jaillies de derrière lui. Deux fines mains de femmes. Qui appartiennent à son ex à en juger par l'intitulé : *Le Divorce*, série *Le Mari*, 1992. Du Sophie Calle tout craché. Avec comme toujours une explication sur le côté, qui donne le fin mot de l'histoire. Une drôle d'histoire. Dans ses fantasmes, c'est elle l'homme. Greg, son mec, s'en aperçoit vite. Elle raconte que c'est peut-être la raison pour laquelle il lui propose, un jour, de le faire pisser. Entre eux, cela devient un rituel. Toujours les mêmes gestes : elle se colle derrière lui, déboutonne à l'aveugle son pantalon, saisit son pénis, s'applique à le placer dans la position appropriée, puis s'efforce de bien viser. Une fois le robinet coupé, elle rentre sa queue, l'air de ne pas y toucher, et ferme la braguette, mission terminée. C'est peu après avoir quitté son mari qu'elle lui suggère de faire une photo souvenir de leur rituel. Puisqu'il dit OK, cap sur un studio de Brooklyn. Là, elle le fait pisser dans un seau en plastique posé devant le Reflex d'un photographe perplexe. Elle le dit sans ambages : ce cliché fut pour elle un prétexte pour poser une dernière fois la main sur le sexe de son ex. Attention, le petit oiseau va sortir... Après ça, elle peut partir, elle accepte le divorce. Il est scotché par Sophie Calle, mais surtout ahuri de coïncidence. Et intrigué par le geste d'Isa. Il ne peut s'empêcher de se demander si elle a compulsé le livre en entier avant de l'emballer. Mais oui, en bonne libraire qu'elle est. Dans ce cas, elle a vu la photo... Elle est tombée dessus. Mais alors ça tombe sous le sens : si ça se trouve, c'est pour ça qu'elle le lui a offert. Il se griffe aux ronces des souvenirs. Ils ont fait ça, eux aussi. Oh, pas souvent. Trois quatre fois à tout casser. Isa passait son temps à dire qu'elle aurait adoré pisser comme un mec. Et elle le faisait parfois, à grands jets, sur la pelouse, l'été, quand il n'y avait que le maillot à enlever, debout toute raide, jambes très écartées. Alors un jour qu'il s'était arrêté sur le bas-côté pour se soulager, route déserte, rase campagne, il avait proposé : Tu veux essayer ? Ainsi s'étaient-ils retrouvés dans un champ, elle derrière, lui devant. Comme sur la photo. Exactement. Sauf que c'était dans la terre qu'ils pissaient gaiement et que l'urine giclait, ricochait sur les cailloux, éclaboussait les marguerites, éclaboussait les feuilles et les herbes moins folles qu'ils n'étaient fous. Ça les faisait marrer, marrer, pisser de rire, pas grave puisqu'ils pissaient déjà. Ils en riaient toujours en remontant en voiture, deux gamins crétins, et en riaient encore le soir, dans leur lit, une fois l'halogène éteint. Alors il devrait peut-être faire ça lui aussi, proposer à Isa de prendre une photo de ce geste d'autrefois. Histoire qu'il reste quelque chose de ce qu'ils furent avant de faire pâle figure. Une trace. Un éclat de leurs rires.

Ce gros livre a ressuscité leur jeunesse. La voilà à présent qui s'ébroue fougueusement dans sa tête, ivre de cette liberté soudainement retrouvée. C'est dingue tous ces vieux souvenirs ébouriffés, si longtemps coincés dans cette photo, qui maintenant fusent, n'en finissent plus d'exploser en lui. Déflagration d'odeurs, de couleurs et de sons. Il revit en direct ces bouffées de passé dont il se grise. Un matin sous la couette, alors qu'il lui fait l'amour, Isabelle colle sa bouche à son oreille et se met à fredonner leur chanson. Celle qu'il lui a fait découvrir peu après leur rencontre. Dance me to the children who are asking to be born, murmure-t-elle avant de répéter la phrase en français. Comme s'il n'avait pas compris et d'ailleurs il n'est pas sûr d'avoir bien compris. Fais-moi danser jusqu'aux enfants qui demandent à naître, chuchote-t-elle. Il ne voit pas où elle veut en venir, et puis d'un coup il saisit, capte que ça y est, elle est prête ! Et bien sûr, il écrase une larme. Discrètement. Et bien sûr, il retire la capote. Capitule. N'arrive plus à bander. Trop ému. Aujourd'hui il donnerait tout ce qu'il a, y compris ce qu'il a de plus cher, pour revenir en arrière. Peut-être même les filles, c'est dire. Rien que six minutes et huit secondes pour se retrouver avec Isa sur la piste, enflammer le dancefloor, enfiévrer la nuit et danser, danser. La faire danser jusqu'à la fin de l'amour. Comme à l'époque où ils chantaient en yaourt, collés serrés, Dance me to the end of love, et que sa tête cachée dans son cou, il lui arrivait d'en chialer joyeusement parce que c'était beau, parce que c'était trop, parce que cette fille dans sa vie, c'était un cadeau. Il a entendu cette chanson avec elle peu de temps après leur premier baiser. Quand elle passe à la radio, alors qu'ils discutent, allongés sur le lit, il se tait soudain. Et comme Isabelle s'inquiète, Ça ne va pas ? il lui confie que cet air le bouleverse. Leonard Cohen en VF ? Gâchis, carnage, sacrilège ! Pourtant il traduit puisqu'elle le lui demande et que ses désirs ont toujours été des ordres. Impossible de jouer les interprètes, allongé. Il se redresse, à genoux sur leur lit trop petit au sommier pourri, dont les lattes craquent chaque fois qu'ils font l'amour quand bien même ils y vont doucement. Dans la pénombre de la chambre, il fait tomber les mots sans brio, mais même approximative, sa traduction ne manque pas de romantisme. Sa voix se brise, n'est plus qu'un souffle, une supplique : Fais-moi danser jusqu'à ta beauté sur un violon enflammé. Il n'a pas peur du ridicule qui de toute façon ne tue pas, alors il continue, s'adresse à Isabelle comme s'il avait écrit ce texte pour elle. Fais-moi danser sur mes peurs jusqu'à la sérénité, Oh laisse-moi contempler ta beauté quand les témoins seront partis, Fais-moi danser jusqu'au mariage maintenant, Fais-moi danser et redanser, Fais-moi danser tendrement et très longtemps, Fais-moi danser jusqu'à la fin de l'amour. Elle triche, rit pour ne pas pleurer, Quel programme, dis donc ! Elle fait sa moqueuse parce qu'elle est amoureuse.

Samedi c'est aujourd'hui. Voilà la première chose qu'il s'est dite en ouvrant les yeux ce matin. Le coffre est plein à craquer, chargé comme s'ils partaient pour dix jours, mais pour la première fois peut-être, il ne s'en agace pas, ne fait aucune remarque à Isa. Elle aurait ajouté encore un sac qu'il s'en serait réjoui. Il a prévenu l'hôtel qu'ils n'arriveraient qu'en fin d'après-midi. Ciel et route dégagés. Le GPS annonce 206 kilomètres via l'A13. Ils seront à Étretat dans 2 h 36 exactement. Il sait que ce week-end, enfin même pas, cette journée et demie, va passer trop vite et s'en désole déjà. Isa a bien sûr pris un bouquin mais sort aussi de son sac à main un guide sur la Normandie et le Cotentin. Et qu'elle ait fait ça, qu'elle ait couru en cachette à la Fnac entre midi et deux lorsqu'elle s'est aperçue, désespérée, que la librairie n'avait plus un seul guide en stock et qu'elle n'arriverait jamais à en recommander dans les temps, qu'elle ait fait ça l'émeut. Il l'imagine prendre le métro pendant sa pause déjeuner, trotter dans les couloirs, presser le pas rue de Rennes, planquée derrière ses lunettes de soleil au cas où quelqu'un la reconnaîtrait, puis grimper par l'escalator, errer dans les rayons, chercher un vendeur, hésiter entre le Michelin, le Cartoville, le Petit Futé et le Routard ; et tout cela dit mieux que n'importe quelle déclaration sa joie de partir en week-end avec lui. Il ne peut s'empêcher de l'observer en conduisant. Se demande à quoi elle songe. Rêve aussi de pénétrer ses pensées. Il n'a jamais su lire en elle, mais a toujours aimé la regarder lire. Peu importe le roman, il sait s'il lui plaît avant qu'elle ne le précise. Peut-être même avant elle. Sa posture en dit long sur sa lecture. La distance à laquelle elle tient son bouquin lui suffit pour se faire une idée. À bout de bras, c'est raté, sur les genoux, pas gagné, mais sous le nez comme maintenant succès assuré. Il aime la voir dans son monde, se ronger les ongles sans s'en rendre compte, se gratter la tête, la pencher sur le côté ou boucler une mèche blonde. Cela ne l'empêche pourtant pas de s'agacer quand il l'appelle pour dîner, qu'elle promet J'arrive, j'arrive et ne vient jamais. Il sait que s'impatienter ne sert à rien, qu'elle va enchaîner les lignes, et ne se pointer à table qu'à la fin du chapitre, Oh désolée ! Il raffole aussi de son jargon quand elle en attrape des frissons. Avec elle, les romans sont pleurants ou poilus, c'est selon. Mais ce qu'il préfère, c'est quand elle partage avec lui certaines pages parce qu'elle les trouve magnifiques, trop drôles ou au contraire pathétiques (À chier, décrète-t-elle dans ce cas). Lui, peu lui importe la raison. Et il se fout de l'auteur autant que du sujet. L'entendre lire à voix haute, c'est toujours magique. Elle a commencé quand ils se sont rencontrés. N'a pas arrêté, même si elle le fait beaucoup plus rarement. Ce qui a définitivement changé en revanche, c'est son choix des extraits. Plus jamais érotiques. Si bien que le top 3 qu'il s'amusait à constituer et qui évoluait jadis au gré des années ne bougera plus. Plus jamais. Inutile d'insister. Il faudrait prévenir les écrivains, leur dire que c'est fini, plus la peine de postuler au concours. Fermeture, fin du dépôt des candidatures ! Dans son panthéon de passages grivois, la fellation automobile de Pierre Assouline figurera toujours en pole position. Peut-être parce que la réalité avait rattrapé la fiction quand Isa avait commencé *Double Vie* sur la route du Crotoy et entrepris de suivre les indications du romancier pour reproduire la scène le plus fidèlement possible tandis qu'il conduisait, s'efforçait de tenir le volant bien droit malgré le plaisir qui montait. La deuxième marche du podium revient à Philip Roth et aux inventions lubriques d'Alex Portnoy qui, un après-midi, rentre de l'école, trouve sa chère mère absente, son réfrigérateur garni et décide de se masturber dans un superbe morceau violacé de foie cru. Jean-Paul Dubois partage la troisième place avec le pote de Paul Blick, le héros d'*Une vie française* qui, lui, se branle dans un gigot. Ou était-ce un rôti ? Oui, c'est un rôti ! Si au printemps 1963 David Rochas, quatorze ans, élève de quatrième au lycée

Pierre-de-Fermat, demi de mêlée et futur capitaine de l'équipe de rugby, a la bite qui pue l'ail, c'est à cause du rôti, du putain de rôti de bœuf de sa mère. Parce que comme il le confesse à son ami, il baise le rôti après l'avoir préalablement sorti du frigo, puis entaillé juste comme il faut avec un couteau. Il donnerait cher pour réentendre Isa relire ce passage. Il lui faudrait un podcast personnalisé. Ils avaient tellement ri sur la plage ce jour-là qu'elle en avait fait pipi dans son maillot. Il la revoit s'interrompre, poser soudain son bouquin sur sa serviette et courir comme une damnée jusqu'à la mer. En ce 21 novembre 2020, elle tourne les pages sans émettre le moindre commentaire mais fronce les sourcils de temps en temps. Il rêverait qu'elle lui lise un passage, sans oser le lui demander. La voir là, assise à ses côtés, vingt-trois ans et un jour après leur rencontre dans le métro, c'est déjà ça. Déjà beaucoup.

Du jambon, des tomates et du fromage, rien de plus. Ah bon ? Alors elle a dû les préparer avec amour, ces sandwichs, pour qu'ils soient si bons ! Isabelle lui sourit et c'est comme si elle répondait oui. Ils sont deux dans son sourire. C'est un sourire de vacances, un sourire qui dit Nous, Nous deux quand même, tu vois, malgré tout. Cela faisait longtemps qu'il ne l'avait pas sentie aussi détendue. Et aussi gaie. Le dégradé de bleus, le vert des prairies, la lande sauvage à l'infini, l'à-pic des falaises, leur découpé crayeux sur la mer, et ce vide vertigineux :

le paysage lui arrache des exclamations à n'en plus finir. Il y a quelque chose d'enfantin dans sa joie, une exaltation contagieuse par laquelle il se laisse traverser, et que ne parvient pas à abîmer la peur tétanisante de ce qui adviendra tout à l'heure, à l'hôtel, quand il faudra se coucher avec elle dans ce lit, qui n'est pas assez grand, il le sait, pour s'endormir sans se toucher. Elle ne lui parle pas, mais ce n'est pas le silence. C'est un temps sans mots. Entre eux bruissent des émotions, des souvenirs qui n'ont pas besoin de se dire. Elle garde le regard braqué sur l'horizon tout au long de leur promenade ; lui n'a d'yeux que pour elle et c'est leur vie qu'il voit défiler. Leurs débuts, elle et lui ensemble avant d'être parents, avant de s'oublier, et de se perdre peut-être. Est-ce qu'elle le sent, qu'il pense à elle, à eux ? Elle ne marche pas tout à fait comme d'habitude en tout cas. De son allure se dégage quelque chose de différent. D'inédit. Qu'il ne réussit pas tout de suite à identifier. Elle avance d'un bon pas grâce à ses nouvelles baskets, se déplace évidemment plus vite qu'avec ses bottines à talons. Mais cela n'a rien à voir avec ça. Ce n'est pas une question de chaussures, ni même de rythme. Non. Tout à coup il comprend. La distance qui sépare leurs corps est moins grande que d'habitude. Et s'amenuise à mesure qu'ils progressent sur le sentier caillouteux. Depuis combien de temps n'a-t-elle pas avancé comme ça, à côté de lui ? Il peut maintenant sentir contre sa main l'étoffe laineuse de son manteau. Et bien sûr c'est une caresse. Comme si elle la lui donnait enfin, sa main. Qu'elle ne s'éloigne pas, qu'elle reste là, à quelques centimètres de lui, le bouleverse. Quelque chose en lui se rend. Cède. Ses angoisses, ses frayeurs et sa frustration s'effritent à la façon des falaises. Il ne pense plus à rien. En lui tout s'évapore. Son esprit s'embue. Se perd. Soudain Isabelle s'arrête devant la fameuse arche, ne pointe pas le doigt vers son aiguille mais montre l'herbe devant eux et dit C'est là. C'est là quoi ? Ben qu'on a fait la photo en 1997 ! Et de dégainer sa réplique comme si elle l'avait préparée : Tu sais quelle est la différence entre maintenant et à l'époque ? Non, comment peut-il savoir ? Tant de choses diffèrent. Les touristes bien plus nombreux, la douceur de l'air, le vent, quasiment inexistant. Faut voir comme elle est fière. D'elle, de son coup et de sa surprise à lui, ébaubi. Sa question le plonge dans un abîme de perplexité. Cela ressemble à une blague Carambar. Soudain il revoit les filles se bidonner dans la cuisine. Papa, qu'est-ce qui est jaune et qui attend ? Jonathan, ah ah ah ! Une fois encore il donne sa langue au chat. Alors, Isabelle fouille dans son sac, en extrait son téléphone, le brandit à bout de bras, s'approche de lui. Aujourd'hui, on n'a plus besoin de personne pour faire la photo, décrète-t-elle en s'esclaffant. Selfie, hi, hi, hi ! Allez, cheese, mon... L'éclat de son rire étouffe hélas le mot doux qu'elle prononce par miracle, mais fait exploser son anxiété et pulvérise en mille morceaux le lit de la Ferme

Saint-Siméon, repoussé loin, très loin, dans un coin obscur de son cerveau.

Ni l'un ni l'autre ne voit passer les trois quarts d'heure de trajet qui séparent Étretat de Honfleur. Il règne dans la voiture une joie haut perchée, une hilarité qui n'a rien de surjouée et une complicité inespérée qui les revigore. Les rajeunit. Quelque chose en eux reverdit. Isabelle a retrouvé les réflexes d'autrefois. La concentration et la minutie avec lesquelles elle épluche le guide confinent à la loufoquerie. Après avoir décortiqué la rubrique À voir, à faire dans les environs et celle des produits locaux à déguster, voilà qu'elle le supplie de lui indiquer le nom de l'hôtel qu'il a réservé. Non, pas question ! Elle a beau le passer au gril, il refuse de lâcher le morceau. Il y a de la volupté à la voir insister, il aurait tort de s'en priver. Isa s'entête et puisque c'est comme ça, entreprend de lire à haute voix la description de tous les établissements répertoriés, en relevant les yeux à chaque ligne. Elle épie sa réaction, scrute son visage à l'affût d'un indice et interprète le moindre signe tandis qu'il s'amuse à brouiller les pistes en fronçant le nez ou les sourcils. Il la fait marcher et elle court. Alors il s'élance à son tour, la rattrape, trébuche, l'entraîne dans sa chute et retombe avec elle en enfance. Ils s'y roulent avec insouciance. On dirait deux gamins qui se cherchent, s'asticotent comme on se bécote. Deux ados uniquement préoccupés d'eux-mêmes, pour qui plus rien n'a d'importance que le jeu idiot auquel ils s'adonnent, et qui s'évertuent à le prolonger en faisant mine de se chicaner, parce qu'ils savent l'un et l'autre, l'un comme l'autre, qu'il s'agit là d'un stratagème vieux comme le monde, une façon déguisée, pudique, de flirter. Elle semble si sereine, heureuse peut-être même, qu'il ne craint soudain plus rien. Arrivé au péage, avant qu'il n'ait conscience de son geste, son bras se tend, attrape son foulard posé sur la banquette arrière, et de ses lèvres sort un ordre qu'il ne se croyait plus capable d'oser donner : Allez, mets-le ! Isabelle n'a pas besoin de précision pour comprendre, plie l'étoffe plusieurs fois afin de la rendre parfaitement opaque et se bande les yeux avec autant de plaisir que de sérieux. Elle a peur d'avoir mal au cœur mais le jeu en vaut la chandelle. De toute façon, il ne reste plus que quelques kilomètres. Déjà les pneus crissent sur le gravier. Allez ça y est, tu peux regarder. Le cri qui lui échappe lorsqu'elle découvre l'ancienne auberge au toit de chaume ainsi que son jardin planté de roses et de pommiers laisse présager qu'il ne s'est pas trompé. Ce que confirme très vite le Mais t'es fou ! qu'elle lâche tout bas à la réception. Mais non, mais non, voyons. Il nie, s'efforce de la détromper. Rien n'est trop beau, trop grand, trop fou quand c'est pour elle. Pourtant elle dit vrai. Il n'a peut-être jamais été aussi fou d'elle qu'aujourd'hui.

Il pousse à peine la porte que déjà il l'aperçoit. Un lustre en cristal l'éclaire avec majesté. Des boiseries parent élégamment sa tête. Un banc installé à ses pieds invite à la prosternation. Et un épais tapis amortit sa descente. C'est un lit qui en impose. En jette. À côté duquel on ne peut pas passer, au sens propre comme au figuré. Qui trône au milieu de la ravissante chambre tapissée de beige, prend toute la place, oblige ses hôtes à lui tourner autour. Ceux-là pourtant l'ignorent. S'évertuent à ne pas le regarder, s'efforcent de faire comme s'il n'existait pas. Le snobent ostensiblement. Un guéridon et deux fauteuils en velours occupent le coin près de la fenêtre. Isabelle s'y installe pour commenter la vue somptueuse sur l'estuaire. Et la prend en photo pour Roxane et Élodie. Ses yeux brillent quand elle évoque les filles. Mais déjà elle se lève, ouvre sa valise, en sort sa trousse de toilette et plusieurs tenues entre lesquelles elle hésite longuement avant de se décider pour un slim noir et un haut en dentelle qu'elle emporte dans la salle de bains où elle file se préparer. Elle dit *me faire une beauté* et qu'elle veuille se faire belle pour lui, rien que pour lui, le bouleverse. Il s'accroche à cette phrase qui le percute. S'y agrippe fermement pour repousser l'angoisse qui monte brusquement en lui par bouffées. Une fatigue inattendue l'assaille. Il ferait mieux de se reposer avant le dîner. Il a le temps puisqu'il entend le bain couler. Seulement il n'ose pas s'asseoir sur le lit. Encore moins s'y allonger. S'interdit même de tester le moelleux des oreillers. La couette immaculée le nargue mais éveille en lui des pudeurs de jeune homme qui assomment son envie pourtant irrésistible de la toucher. Il ne s'en explique pas la raison, pourtant il a l'impression que l'effleurer relèverait de la profanation. Qu'il y aurait quelque chose de l'ordre du sacrilège à froisser cette literie impeccablement repassée. Il a peur de tout saccager. Et puis il ne veut pas courir le risque qu'Isabelle le trouve vautré ou pire, endormi et ronflant, quand elle sortira pomponnée de la salle de bains. Il faut que le décor reste parfait, que rien ne vienne gâcher cette journée. Ni bruit ni gestes déplacés. Mieux vaut ne pas allumer la télé. Il refuse qu'Isa l'attende pendant qu'il se douche, préfère être prêt en même temps qu'elle. De toute façon il n'a pas transpiré pendant la balade, un coup de déo suffira. La chemise blanche qu'il passe à la place de son polo l'engonce et le boudine un peu mais le perfecto gomme son embonpoint. Il s'étudie dans le miroir damasquiné de l'entrée, se recoiffe, rentre le ventre, exerce son sourire avec l'espoir qu'Isa le trouve beau. Élégant. À son goût du moins. Ce soir, il a plus que jamais envie de lui plaire. C'est le moment de lui offrir ses petits cadeaux et de sortir du minibar la bouteille de champagne et les coupes qu'il a demandées à la réception de monter avant leur arrivée. Il a refusé le seau, trop show off, trop téléphoné. Cacher son jeu lui paraît bien mieux.

Elle rit. Rit encore. Et c'est bon de l'entendre rire. Il y a quelque chose d'ensauvagé dans ce rire qui la secoue tout entière. Elle aura ri aujourd'hui autant qu'en une année. Il se demande à quoi ça tient, à quoi tient son rire. Peut-être à rien. Il pense à ce proverbe à la con sur les femmes qui rient et espère surtout que c'est grâce à lui, qu'elle rit. Il se doute que l'alcool y est pour quelque chose, sûrement pour beaucoup, mais s'en fout. Ce n'est pas grave, cela n'a même aucune importance. Ce soir, il ne veut pas se poser de questions. Enfin pas trop. Le moins possible. Alors comme ils ont fini la bouteille de vin blanc mais pas le dîner, il commande du champagne, deux coupes s'il vous plaît, rien que pour l'entendre encore dire Mais t'es fou ! Et puisqu'elle n'a plus faim, juste un moelleux au chocolat avec deux cuillères, et puis finalement c'est elle qui finit le dessert. Comme autrefois, comme quand tout allait bien, qu'il l'embrassait et lui faisait encore l'amour. Si le rire rejaillit, si certains gestes réapparaissent, se pourrait-il que le reste aussi revienne, se réapprenne ?

Que la tendresse reprenne son empire ? Cette escapade automnale a la douceur enfiévrée de leurs débuts. Il y a dans ses yeux bleus qui ont viré au gris depuis cet après-midi une beauté presque douloureuse qui lui tisonne le cœur. Et entre eux quelque chose de vertigineux. Quelque chose d'inédit ou de très ancien, va savoir. Il sent soudain que tout ce qu'ils ont partagé puis perdu n'est pas si loin. Juste là, enfoui. À portée de main. Il voudrait tout recommencer. Se fait la promesse, là, tout de suite, maintenant, de trouver coûte que coûte le moyen de rembobiner. Se jure de l'aimer bien. En tout cas mieux qu'hier. Ses paupières clignotent. Elle n'en peut plus, il le voit. Elle l'avoue d'ailleurs en terminant sa coupe : morte de fatigue. Alors vite il se lève pour payer. Elle noue son écharpe quand il revient. Allez, on y va. L'hôtel n'est pas loin du restaurant et pourtant rentrer leur prend un temps fou. Isa zigzague. Elle rit et cette fois c'est clairement à cause du champagne. Tête qui tourne et haut-le-cœur. Ça tangue dans les rues de Honfleur. Ils sont presque arrivés. Mais d'un coup, la nausée. À peine le temps de le prévenir, de se pencher, ça gicle sur les pavés, gicle dans le caniveau et un peu aussi sur son manteau. Elle s'agrippe à lui qui retient ses cheveux. Oh, désolée. Elle n'en finit pas de s'excuser, s'excuse en vomissant, pardon, pardon, puis encore après une fois que c'est terminé, pardon, pardon, entre deux hoquets. Tellement désolée. D'être dans cet état après un si bon dîner. Même pas capable de tenir debout.

Elle n'aurait pas dû boire autant, surtout après une journée au grand air. Non, mais la honte, pardon. Il n'a pas besoin de ses excuses. La rassure. Ce n'est rien, voyons. Pourtant quand il dit ça, il ment, parce que la tenir contre lui, dans la nuit, ce n'est pas rien. Elle s'excuse encore lorsqu'il glisse la carte magnétique dans la porte et l'aide à marcher jusqu'au lit. Puis la litanie de pardons s'affale, s'interrompt. Soudain plus de son, plus d'image. Juste le silence dans cette chambre qu'ils partagent. Il allume la petite lampe posée sur la table de nuit. Au bout du pied d'Isabelle pend un escarpin. Il réalise qu'il ne lui en reste qu'un seul. Cherche le deuxième, finit par le retrouver dans l'entrée, le ramasse et s'apprête à le lui remettre avant de comprendre que c'est plutôt l'autre qu'il faut enlever. Saoul lui aussi ! Il ne peut quand même pas la laisser dormir comme ça, tout habillée. Il tente de la réveiller doucement, prononce son prénom plusieurs fois. En vain. Isabelle ne bouge pas d'un pouce. Pétrifiée dans son sommeil. Statufiée, comme lorsqu'elle jouait avec les filles à Un deux trois soleil. Elle a les bras tendus, tout raides. Il peine à la soulever mais réussit finalement à lui ôter son écharpe, son manteau et aussi son gilet. Le gilet, il n'avait pas prévu de le lui retirer mais toutes les manches sont venues d'un coup. Il hésite à la laisser en pantalon quand il découvre que son jean est déboutonné. Elle l'a sans doute ouvert pendant le dîner. Autant l'en débarrasser aussi, non ? Il sait, pour avoir maintes fois vu Isa le faire, que le plus simple avec un slim, c'est de le retourner. Le tissu qu'il fait glisser sous ses fesses puis le long de ses jambes dévoile une parure en dentelle sous laquelle se devine sa broussaille. Son sexe. Le sien se tend. Immédiatement. Il n'a qu'une envie : l'honorer, la dévorer. Mais non, il va s'arrêter là. Ne se voit pas lui enlever le haut. Et encore moins dégrafer son soutien-gorge. Pourtant il ne s'interdit pas de continuer à la déshabiller du regard. Regarde ses paupières où traînent quelques paillettes, regarde la pulpe de sa bouche, l'ourlet parfait de ses lèvres, regarde ses seins, devine ses tétons à travers son top, regarde son ventre, le nœud en satin de sa culotte, ses bords festonnés, caresse des yeux le tulle et le bouton doré piqué dans la guipure, regarde son sexe, encore, se représente le grain de beauté caché au creux de ses cuisses qu'il connaît si bien, regarde ses cuisses, regarde l'éventail de ses orteils vernis été comme hiver, la regarde, la regarde, embrasse tout son corps du regard, son corps d'une effrayante beauté. Et il se sent soudain orphelin de cette beauté. Il y a quelque chose de triste, de funèbre même dans cette veillée. Sans le léger souffle de sa respiration, il la croirait morte. Sa peau est glacée. Vite la réchauffer ! Il pousse doucement Isa, ouvre le drap et l'en recouvre. Se déchausse, pose blouson, chaussettes, chemise et pantalon sur l'un des fauteuils près de la fenêtre, puis se glisse en caleçon sous la couette. Face à Isabelle. Près, tout près d'elle. À l'orée de son désir. Depuis combien de temps ne s'est-il pas retrouvé nu ou presque à ses côtés ? Il la regarde une dernière fois avant d'éteindre. La lune éclaire son visage où flotte un léger sourire, vestige de ce rire qui a enchanté toute la journée. Au fond, le proverbe n'est pas si con. Ce soir elle est dans son lit. Et pas à moitié.

Quand il ouvre les yeux, il lui faut quelques secondes pour savoir où il se trouve. Puis tout lui revient. D'un coup. Personne à côté. Soudain une panique irraisonnée lui tombe dessus. Et si Isa était partie ? Mais non, elle est sûrement descendue. Un mot posé sur le guéridon confirme cette intuition. Isabelle l'a griffonné sur le bloc à l'en-tête de l'hôtel. Je t'attends en bas pour le petit déj'. Cinq étoiles, deux lignes et un cœur sur lequel il ne peut s'empêcher de passer le doigt comme pour vérifier qu'il ne rêve pas. Ce cœur, évidemment, contrairement aux étoiles, c'est elle, sa main à elle, qui l'a dessiné. La douceur de cette pensée atténue sa déception mais n'émousse pas la mauvaise humeur qu'il sent poindre. 9 h 42. Le petit déjeuner est servi jusqu'à 10 h 30. Il ferait mieux de se dépêcher, de se doucher et de s'habiller pour rejoindre Isabelle. Mais non, il n'y arrive pas. Aucun courage. Le dépit le cloue au lit. Rien sur la table de nuit où Isa a posé hier son roman. S'il ne s'y trouve plus, c'est qu'elle l'a pris.

Mais si elle voulait bouquiner, pourquoi n'est-elle pas restée ici ? Envie de se promener dans le jardin peut-être ? Non, sûrement pas. Y a qu'à voir le temps. La pluie qui salit les carreaux noie le maigre effort qu'il fait pour essayer de se calmer. Les branches des arbres ploient sous les bourrasques qui allument son courroux, avivent son amertume et l'attisent patiemment. Fatiguée comme l'est Isabelle et après la cuite qu'elle s'est collée, tu ne vas pas me dire qu'elle rêvait de sortir du lit pour profiter de ce temps pourri. En plus elle n'a pas arrêté de répéter toute la semaine qu'elle donnerait tout pour une bonne grasse matinée. C'était le moment où jamais d'en profiter ! Mais non, il a fallu qu'elle s'habille sans faire de bruit et qu'elle descende. Il est soudain certain qu'elle s'est forcée à se lever. Peut-être même à se réveiller. Et cette conviction exaspère sa colère. La voilà qui enfle, se déchaîne. Rien ne lui résiste, elle emporte tout sur son passage, écrase les rires d'Isa, crève ses beaux yeux, piétine leurs joies, leur complicité un instant retrouvée, étrangle toutes ces chimères et éventre l'espoir qui gonflait son cœur pas plus tard qu'hier. Pas envie de rester au pieu avec lui, de prendre le risque de le toucher ? OK, admettons qu'elle ait réactivé ses distances de sécurité, elle aurait au moins pu traîner dans la chambre, paresser dans son bain ou s'installer dans le fauteuil avec son bouquin. Mais non, malgré sa gueule de bois Madame a préféré se cailler les miches en bas. Tout plutôt que de rester avec lui. La couette qu'il arrache puis envoie valser en se levant manque de faire tomber la lampe de chevet. Il a beau tourner le thermostat sur 38 degrés, c'est une douche froide.

#aboutlastnight. C'est bien la première fois qu'Isa emploie ce hashtag. Découvrir qu'elle vient de poster sur Instagram le selfie qu'ils ont pris, hier soir, sur le port de Honfleur, juste avant le restaurant, dissipe sa rancœur et le rassérène. Peu à peu il décolère. Elle veut donc faire savoir au monde entier qu'elle a passé une belle soirée. Avec lui. Cela lui fait d'autant plus plaisir qu'elle ne publie normalement sur son compte que des photos de la librairie, de romans ou de paysages. Ce changement d'habitude n'échappe pas à ses abonnés. Déjà 120 cœurs et 12 commentaires qu'il ne peut s'empêcher de lire et dont l'enthousiasme achève de le dérider. De vrais mannequins ! s'exclame l'un. On dirait des stars, écrit Jean-Loup. On dirait, on dirait… C'est vrai qu'ils sont beaux tous les deux. Et qu'ils paraissent s'aimer. Ils ont l'air heureux. Ils ont l'air ensemble. Et hier effectivement, ils l'étaient. Perchée sur ses escarpins, enroulée dans son écharpe assortie à ses yeux, Isabelle rayonne. Impériale. Qui se douterait que trois heures plus tard elle dégueulerait tant qu'elle pourrait, les cheveux collants de vomi, pauvre passereau dans le caniveau ? Personne évidemment. Ils se tiennent pour une fois l'un contre l'autre sur cette image. C'est une image de conte de fées. Qui triche, enjolive tout. Ne dit rien. Rien de ses manques et de ses frustrations à lui. Rien de ses refus à elle, de son éloignement, des distances qu'elle a prises, des gestes qu'elle ne fait plus et des règles qu'elle impose. Sa duplicité lui saute au nez. Et l'écœure. Ce cliché est un mensonge sanctifié. Il s'apprête à ranger son portable dans sa poche quand une rafale de messages tombe sur le fil familial. C'est Isa qui écrit aux filles, leur envoie sur WhatsApp le cliché qu'elle a partagé sur Insta mais aussi leur selfie face aux falaises. Les réponses ne se font pas attendre. Roxane : Ouah ! Trop beaux les amoureux !!! émoji cœur rouge, émoji cœur rose, émoji étoile filante. Élodie : Beaux gosses ! Profitez bien de votre week-end. Émoji lunettes de soleil, émoji pouce levé, émoji cœurs à la place des yeux. Les filles qui, petites, grimaçaient, surjouaient le dégoût quand ils s'embrassaient sur la bouche et refusaient encore il n'y a pas si longtemps d'admettre que leurs parents puissent avoir une sexualité, acceptent donc enfin de les considérer comme des amants. Juste au moment où ils ne le sont plus. Elles aussi n'y voient que du feu… Après tout tant mieux.

Il la trouve en train de bouquiner, blottie dans un canapé du bar, près de la cheminée. Elle sourit dès qu'elle le voit arriver. Il s'étonne de ses cheveux légèrement mouillés. C'est parce qu'elle est allée nager. Quarante longueurs ! Il a bien fait de lui dire de prendre son maillot et ses lunettes. La piscine est chauffée. À 28, figure-toi. Un pur bonheur ! Bon on va petit-déjeuner ? Elle dévore viennoiseries et œufs brouillés, le félicite encore pour l'organisation de ce week-end formidable, pour la belle soirée d'hier, redit qu'elle est désolée de la façon dont elle s'est terminée, avoue qu'elle ne se souvient plus très bien comment ils sont rentrés. Il raconte qu'il l'a aidée à marcher et à se coucher, mais ne précise pas qu'il l'a déshabillée. De toute façon elle s'en doute sûrement. La fatigue et l'alcool, tu sais… Oui, il sait. Une miette de pain au chocolat reste collée à sa joue, comme un regret. Et évidemment c'est charmant. Alors il fait comme si. Comme s'il n'était pas fâché, même pas froissé. Et au fond il ne l'est déjà presque plus. Il se déchiffonne. Se rend. Qu'est-ce qu'elle veut faire avant de rentrer ? Il avait pensé à une balade en calèche sur la côte de Grâce, mais avec la pluie, c'est compromis… Elle aimerait tout simplement visiter l'église Sainte-Catherine, se promener dans les ruelles et sur le vieux bassin. Sans tituber cette fois ! Un coup d'œil à l'appli météo : ça devrait se dégager. De toute façon elle a mis un imper dans sa valise.

Elle a voulu voir Honfleur et ils ont vu Honfleur. Puis comme le temps s'arrange, ils décident d'aller marcher sur la plage. Les coquillages craquent sous leurs pieds. Isa se baisse régulièrement pour en ramasser, les observe un instant, commente leur forme, jette les cassés et glisse les plus beaux dans sa poche. Une gosse. Elle propose de s'asseoir, rit d'avoir le cul mouillé, mais ne plaisante plus quand il dit Fais voir, je peux toucher ? La phrase est partie toute seule. Sa propre hardiesse l'étonne. Et l'intimide. Alors à son tour il se marre, dissimule sa gêne dans un rire faux dont l'aigu l'effraie. Puis se tait. Autrefois il l'embrassait pour cacher son embarras. Plus possible tout ça. Il voudrait rebattre les grains de beauté du destin. Allez, volte ! Il voudrait revenir en arrière, mais se contente de regarder droit devant, fixe alternativement la mer et le ciel strié d'orages, cherche de l'aide dans le creux des vagues déchaînées et entre les nuages. Il s'apprête à dire quelque chose et finalement ne le dit pas. Retient ses mots, préfère les garder pour lui comme un secret, une promesse étouffée. Il reste silencieux jusqu'à ce qu'Isa propose On y va ? Il acquiesce, alors elle se lève, déjà debout tandis qu'il déplie dans une grimace ses longues jambes restées croisées trop longtemps ; et c'est au moment où il se redresse qu'il les voit, sur le sable, les deux traces laissées par leurs fesses, et le triste espace entre elles qui atteste qu'elles n'ont plus d'histoire.

Les bagages lui paraissent bien plus lourds au retour. Et l'appartement triste, même toutes lumières allumées. Isabelle va sauter le dîner et aller se coucher, est-ce qu'il peut se débrouiller ? Il pourrait répondre Bien sûr, de toute façon pas très faim, mais rien ne lui vient. Le cafard qu'il sentait enfler depuis qu'ils ont quitté Honfleur et qu'il a tout fait pour repousser soudain le broie. Sa tête opine d'elle-même. Alors Isa le remercie encore pour ce merveilleux week-end, lui souhaite bonne nuit, ajoute un À demain qui sonne comme un adieu puis le plante. Là, comme ça, dans l'entrée. S'en va sans se retourner, sans voir l'épée qui lui transperce le corps quand elle traverse le salon. Les bras lui en tombent. Jambes et souffle coupés. Abattu. La tête lourde de tous ses rêves évanouis, il se vide d'un coup. Le peu d'énergie qu'il lui restait se répand à grands flots sur le plancher, forme une flaque noire dans laquelle il manque de s'étaler. Il se rattrape de justesse au mur. Exténué. Tout le désarroi du monde s'abat sur lui. Le chagrin le fait chanceler. Le couloir ne lui a jamais semblé si long. Et la chambre, leur chambre, mais est-ce encore la leur ?, ne lui a jamais paru si vide. Si nue. Il se le dit ainsi, en se déshabillant, avec ce mot-là, *nue*, qui rebondit ironiquement dans sa tête. Le ridicule de cette situation pathétique l'assomme. Il choit lourdement au milieu du matelas. Quand ses yeux tombent sur l'ourlet défait des rideaux, il revoit sa mère lester les siens de plomb pour éviter qu'ils ne s'envolent. Son attachement pour Isa n'est plus qu'un poids. Poids mort. Boulet. Un amour encombrant désormais. Saugrenu à force. Entêté, éperdu. Perdu tout court. Un amour inflexible et idiot. Dévot. Au-delà des mots. Maudit peut-être. Dont il faudrait qu'on le débarrasse. Oh oui, qu'on le purge ! Ce soir. Il se réveillerait ainsi demain en ayant tout oublié. Mais non, il sait bien qu'il rêve. Son amour pour Isa est inexpugnable. Il l'aime trop. Trop fort. Bien plus qu'elle ne l'aime lui et cette asymétrie l'asphyxie. C'est fou comme elle lui manque, comme il en souffre. Ça tourne au tragique. Il est ce pauvre Roméo sans Juliette de l'acte V, scène 5 qu'il a étudié à la fac. Seul encore. Sous les longs arceaux de cet asile sombre, ses yeux sont poursuivis par des spectres sans nombre. Il croit voir des lueurs qui soudain s'effacent, sous des voiles de deuil des femmes qui passent. Et le bruit de ses pas dans l'écho qu'il éveille comme un long chant de mort revient à son oreille. Il ferait mieux d'arrêter. De prendre un Doliprane pour soulager sa tête près d'exploser et d'avaler aussi un cachet pour dormir. Il s'apprête à se lever quand soudain des craquements sur le plancher. Sûr de ne rien inventer. Des pas ! Qui cessent déjà. Reprennent. Avancent. Très doucement. S'arrêtent sur le seuil de la porte qu'il a laissée ouverte. Puis se rapprochent. Il n'ouvre pas les yeux pour vérifier. Trop peur que le charme ne se rompe. Que ses espoirs ne partent en fumée. La couette se soulève. Soudain des pieds contre les siens. Froids ! Glacés même. Puis des jambes s'enroulent aux siennes. Sa peau. Délice. Et sa main sur son bras. Qui reste là. Elle et lui muets. Personne ne dort mais tout le monde se tait. Il croit rêver. N'ose pas respirer. Attend. Attend longtemps. Isabelle finit par se décaler légèrement. Sa tête trouve le chemin de son oreiller mais sa main est toujours là. Oubliée. Fondue dans son bras qu'il voudrait replier pour retenir cette tendresse égarée. Il déduit de son souffle régulier qu'elle s'est endormie. Mais il attend encore. Tente de calmer son tumulte intérieur. Un tel fracas l'effraie. Il ne faudrait pas que cette chamade chasse sa femme. Il se souvient soudain que ce n'est pas le plus gros danger : c'est de ses ronflements qu'il ferait mieux de se méfier. Vraiment pas le moment. Les bandelettes ! Bénies soient-elles. Il visualise la boîte, se félicite de l'avoir déjà ouverte et posée au pied de son lit. Son bras gauche se tend, attrape un de ces drôles de pansements. Deux mains ne seraient pas de trop pour l'installer sur son nez mais une seule suffit. Il finit par y arriver. Se demande à quoi il ressemble ainsi accoutré. Pourtant il n'a pas besoin d'allumer ni de se regarder dans le miroir pour savoir qu'il a l'air béat. La tête d'un mari comblé.

7 h 32. Déjà levée. Isa termine son petit déjeuner, l'accueille d'un joyeux Bonjour !, allume la machine à café, lui sort une tasse puis prévient qu'elle doit y aller. Ce soir, qu'il ne prévoie rien, elle se charge du dîner. Il la trouve belle. Et évidemment il ne doit pas être le seul. Il la regarde finir de se préparer, lisser son chemisier, enfiler son pull puis son manteau, fermer ses bottines, jeter un dernier coup d'œil dans le miroir, récupérer l'élastique noir à son poignet, soulever ses cheveux, attraper une mèche qui a glissé et improviser une queue de cheval. Ciao, bonne journée ! Petit trot dans l'escalier. Puis plus rien. Il se surprend à fredonner. Depuis combien de temps ne s'est-il pas senti si guilleret, si heureux ? Il allume une cigarette, ouvre la fenêtre et souffle dans le frais matin son envie de crier au monde entier qu'elle l'a rejoint. Elle l'a rejoint ! Elle est venue dormir avec lui ! Il a vraiment bien fait de l'emmener à Honfleur. Cette escapade les a rapprochés, sauvés, il le sent. Il le sait. À partir de maintenant tout va s'arranger. Il

a l'impression de léviter. En lotus, trois bons mètres au-dessus du sol. Ce sentiment de légèreté ne le quitte pas de la journée pourtant lestée d'un paquet d'emmerdes. À 19 heures, il boucle enfin son gros dossier, envoie encore deux trois mails, et puis ça suffit pour aujourd'hui ! Il prévient Isa qu'il sera là vers 20 h 30 et le pouce levé par lequel elle lui répond dans la foulée le ravit. Il s'arrête chez le fleuriste qui jouxte son bureau. Les bouquets ronds préemballés ne lui plaisent pas. Des roses ce sera mieux. Il saisit deux bottes multicolores avant de se raviser. Plutôt des rouges, allez ! Il est finalement 21 heures passées lorsqu'il sort enfin du métro. La faute à la RATP. Incident de voyageur, trafic perturbé, ligne 13 complètement bloquée et wagon éteint pendant dix minutes au moins. Quand il ouvre la porte, son *bonsoir* tombe dans le vide. Barbara à fond mais personne dans le salon. Ni dans la cuisine où la table est mise. Ça sent bon. Un curry embaume dans l'appartement et son parfum le suit jusque dans la chambre de Roxane, où il finit par trouver Isa, assise par terre. Les dizaines de trous laissés sur le mur par les photos que la petite avait épinglées au-dessus de son bureau, c'est la première chose qu'il remarque. Isabelle sursaute, se retourne. Elle ne l'a pas entendu rentrer, désolée. Les fringues, les manuels que leur fille n'a pas emportés, ses carnets, ses Stabilo, et la vieille panthère noire encore hyper douce qu'il avait dû lui acheter en CE2, à moins que ce ne soit en CE1, pour la récompenser d'un excellent bulletin : Isa a tout empaqueté. Il croit d'abord à un ménage de printemps en automne. A envie d'y croire en tout cas. Depuis le mois de juin, Isabelle peste contre le bordel laissé par Roxane et même Élodie a admis que sa sœur aurait au moins pu faire le tri avant de partir à Boston. T'as décidé de te lancer dans le rangement ? Oui, et ce n'est franchement pas du luxe, confirme Isabelle dans un sourire un peu crispé. Je finirai les cartons demain, mais je vais déjà fermer ceux-là. Tu peux m'aider, me passer le gros scotch marron, s'il te plaît ? Cela ne lui plaît pas, mais il le fait, s'exécute sans broncher. Quelque chose le chicote, pourtant il n'a pas percuté. Pas encore. Il ignore qu'elle a pris sa décision et qu'elle est mûrement réfléchie. Il s'assied sur le fauteuil du bureau et c'est à ce moment-là qu'il l'aperçoit. Sa Pise, comme elle l'appelle. Sa pile de livres, à lire en priorité ou à relire vite fait parce qu'elle envisage d'inviter l'auteur à la librairie. Il l'a toujours vue s'élever dangereusement au pied de leur lit, et ce matin, elle s'y trouvait encore. Mais voilà qu'elle l'a déménagée. Avec sa lampe et sa table de nuit ! Ça y est, il a parfaitement saisi maintenant. C'est effroyablement clair, pourtant il aimerait quelques éclaircissements. Et même s'ils ont toujours répété aux petites qu'il n'y avait pas de question idiote, il se sent bête, très bête quand il lui pose la sienne : Tu comptes t'installer là définitivement ? Isabelle ne répond pas, pas tout de suite. Elle se relève sans le regarder, traverse le salon et entre dans la cuisine où il la suit, médusé. Les roses oubliées sur son assiette le narguent. Elle les trouve superbes, le remercie, attrape un vase, le remplit d'eau et cherche le sécateur dans le tiroir des couverts. Elle a beau avoir l'habitude de recouper les tiges en biais, une par une, avant de les immerger, il a l'impression qu'elle tente de gagner du temps. La voilà qui s'extasie encore sur les fleurs, les dispose sur la console du salon, revient dans la cuisine, pose le faitout sur la table, s'assied, l'invite à en faire autant et attend qu'il se soit servi pour lui donner la confirmation dont il se serait finalement bien passé. Oui, elle compte effectivement s'installer dans la chambre de Roxane. Pour dormir au calme, précise-t-elle entre deux fourchetées de riz basmati. Elle a l'honnêteté de ne pas le prendre pour un con, l'élégance de ne pas évoquer ses ronflements qui la gonflent. Oh, pas par grandeur d'âme mais parce que, comme lui, elle sait qu'ils n'ont absolument rien à voir là-dedans. Isa parle très calmement et a l'air si détendu qu'il en vient à se demander si elle n'a pas répété son discours avant. Faire chambre à part paraît si naturel à l'entendre. Ça ne changera rien entre eux, mais alors rien du tout, jure-t-elle. Et cela ne l'empêchera d'ailleurs pas de le rejoindre de temps en temps, comme elle l'a fait la nuit dernière. Ah… Loin de le rasséréner cette précision l'achève. Il a soudain la conviction qu'Isabelle a tout orchestré. Froidement. Que sa visite nocturne d'hier était en fait calculée. Préméditée. Qu'elle visait uniquement à servir d'argument en vue de le rassurer. Si ça se trouve, elle avait prévu d'emménager ce week-end dans la chambre de leur fille et l'escapade à Honfleur a déjoué ses plans. Ou n'a plutôt fait que les retarder. Il a les yeux qui piquent et la gorge en feu, mais le curry n'y est pour rien.

Ce matin, il lui a fallu cinq à dix secondes, le temps des idées claires, de la mise au point, pour se souvenir qu'Isabelle avait migré au bout du couloir. Et quand ça lui est revenu, de nouveau le coup de massue. Combien de temps faut-il au cerveau pour assimiler ce genre d'information ? Il pense à cette expression qu'on utilise en voiture pour évoquer le siège passager. La place du mort. Existe-t-il un mot pour désigner la place inoccupée dans un lit jadis garni ? Pauvre mec, même pas capable de pioncer avec sa femme. Sous la douche, dans l'ascenseur, la rue, le métro, au bureau, il n'en finit pas de ruminer, de s'autoflageller. Il a l'impression d'avoir un post-it collé au front. Sur lequel est noté au feutre noir et en lettres capitales MA FEMME DORT À CÔTÉ. Il se croirait dans un des films de Truffaut, qu'il a revus sur Netflix. On dirait aussi du théâtre de boulevard. La femme d'à côté, c'est la sienne… Oui, cela ressemble à une pièce signée Barillet-Grédy. À cela près que la Potiche, c'est lui. Il n'aurait jamais imaginé faire chambre à part. Est-ce que le sexe aussi sera à part ? Mais surtout est-ce qu'il aura encore une part ? La part du lion ? La part du pauvre ? L'idée qu'Isa regagnera ses pénates après le dîner l'accable. Est-ce qu'elle a pris cette décision cet été ? Leur été calciné, leur été de césure. Fatale. Il se demande quel a été le déclic. Le fait que Roxane déménage à Boston en juin a sûrement joué. En même temps Isabelle aurait très bien pu franchir le pas plus tôt et s'installer dans la chambre d'Élodie, partie un an avant sa sœur. Pourquoi ne l'a-t-elle pas fait ? Il repense soudain à ce film que les filles l'avaient supplié de les emmener voir au ciné, et qui les avait tant fait marrer, comment ça s'appelait… Ah oui, *Génial, mes parents divorcent*. Même à vingt ans passés, pas sûr qu'elles auraient trouvé génial que leurs parents ne passent plus la nuit ensemble. Isabelle a sans doute préféré ne pas leur infliger ça. Elle avait déjà investi la chambre de Roxane avant Honfleur, elle dormait déjà *à côté* et lui tout seul. Alors quoi ? Qu'est-ce que ça change ? Tout. Il pensait que ce serait temporaire. Juste une mauvaise passe. Eh ben non, pas du tout. Que ce soit définitif, c'est ça qui le vrille. Voilà au moins trois paliers descendus d'un coup. Une putain de dégringolade sur cette mauvaise pente où ils n'en finissent plus de glisser. À quoi rime donc leur week-end ? Que reste-t-il de leurs vingt-trois années passées ensemble ? Deux marques sur le parquet. Le cercle laissé par la table de nuit qu'elle a déménagée deux décennies après qu'ils l'ont installée et une autre trace, moins appuyée, plus discrète, qu'il remarque pour la première fois. Un rectangle au tracé parfait, qui à vue de nez doit mesurer 60 centimètres sur 110. Pourquoi le voir seulement ce soir ? Parce que c'est l'empreinte du tapis acheté à Marrakech il y a deux ans, qu'Isabelle lui a demandé l'autorisation d'emporter dans son antre, samedi matin, pour *réchauffer* la chambre de Roxane. Il se souvient maintenant de ce verbe qui lui avait semblé étrange. Occupé à faire son sac et tout à sa joie de partir, il avait dit oui évidemment. Le bois est finalement dans le même état que lui. Balafré. Lui aussi a l'écorce plus fine qu'il n'y paraît, lui aussi porte les cicatrices du passé. Comment pourrait-il en être autrement après tant de temps dans cet appartement ? Il n'arrive pas à détacher son regard de ces taches géométriques qui semblent s'interpeller et se répondre. C'est comme si elles dessinaient un nouveau territoire. Un monde à conquérir dont Isabelle lui aurait laissé la carte. Il repense à celle de Tendre dans *Clélie* de Madeleine de Scudéry sur laquelle il était tombé en troisième année. Il se souvient que l'enjeu consiste à rallier la ville de Tendre depuis celle de la Nouvelle-Amitié. C'est on ne peut plus d'actualité. Trouvera-t-il le bon chemin ? Saura-t-il louvoyer entre la mer d'Inimitié et le lac d'Indifférence, tout en résistant au fleuve Inclination qui pourrait l'emporter vers la Mer dangereuse ou les Terres inconnues ? Oh, et puis à quoi bon ? Périmée, la préciosité ! La nuit le ratatine. La frustration l'encage, creuse en lui des galeries dans lesquelles s'engouffrent des chagrins anciens que rien ne peut noyer et des trous où tombe chacune de ses pensées sensées. Le voilà charrié par un courant impitoyable, une tristesse folle contre laquelle il lui semble soudain impossible de lutter. C'est comme si en retirant le tapis, la table de nuit, ses livres et tous ses habits, Isabelle avait fait sauter une digue, comme si plus rien ne retenait sa souffrance longtemps diluée dans la nonchalance de la routine et qu'elle s'écoulait maintenant dans un torrent déchaîné. La douleur irradie en lui, se propage à une vitesse fulgurante dans tout son corps. Ce qui le crible à ce moment-là, ce n'est ni la désolation ni le manque, mais le sentiment abyssal de la perte. Une perte abominable, dont il n'est pas sûr de pouvoir se remettre. Ni même de le vouloir. Peut-être qu'elle finira par avoir sa peau et alors il mourra, comme ça. La bouche bêtement ouverte et la main sur la poitrine. Tranquille enfin. Il prend tout à coup conscience qu'une partie de lui a disparu en même temps que tous les gestes qu'Isabelle ne fait plus. En s'éteignant, le sexe a tué bien plus de choses entre eux qu'il ne l'avait imaginé, et sûrement bien plus encore qu'il n'accepte de l'admettre. Son histoire avec Isa hoquette, leur vie à deux crève sans bruit. Et cette agonie l'anéantit.

Ne plus pouvoir lui sourire avant d'éteindre la lumière, ce rituel qu'elle avait inventé pour eux, pour que la dernière image qu'ils emportent l'un de l'autre soit belle, sait-on jamais, ne plus pouvoir caler sa respiration sur la sienne pour trouver le sommeil, ne plus pouvoir saisir sa main, glisser ses doigts entre les siens, ne plus assister au spectacle de ses cheveux étales sur l'oreiller, ne plus pouvoir lui parler dans le noir, partager avec elle une angoisse, une pensée qui soudain le rattrape, Ah, je t'ai pas dit ! Et puis sa chaleur, et puis son odeur, même à distance, même au bord du lit, loin de lui. Et ne plus lancer On va se coucher ? ça aussi, ça lui manque. Maintenant elle lui souhaite bonne nuit à la fin du dîner, se lève et s'en va. Traverse le couloir sans hésitation ni regret. Le plante. Comme un con. Lorsqu'elle referme la porte de sa chambre derrière elle, il a chaque fois l'impression qu'elle la lui claque au visage et que son sexe y reste coincé. Une douleur ancienne, inentamée, l'étreint à ce moment-là. Une douleur de fiancé. Celle qu'il ressentait quand il l'accompagnait à la gare, la regardait monter dans le train et restait sur le quai jusqu'au départ. Il rêverait d'une amnésie. Personne ne dit que le lit garde éternellement la trace, la mémoire de celui ou celle qui n'est plus là. Personne ne dit que si son odeur finit par s'estomper puis s'évaporer à force de laver et relaver les draps, l'empreinte de son corps, elle, jamais ne disparaît. Sa forme, son poids toujours là. Marque indélébile dans le matelas. Incrustée dans la laine, la mousse, les ressorts et même le sommier. Personne ne dit ce que c'est que de se retrouver seul dans une chambre qu'on a partagée durant des années. La violence que c'est. Le jour où sa mère lui a confié qu'elle dormait mal depuis que son père l'avait quittée, il n'a pas compris. Ou pas voulu comprendre. Il avait tenté une pauvre blague, autant pour la réconforter que pour se protéger. Au moins maintenant, il ne te pique plus la couette, maman. Ah, ah, ah ! Il en veut tellement à Isabelle. Son installation au bout du couloir est une déréliction. Comment a-t-elle pu se désolidariser d'un coup, sortir soudain de l'équipe, quitter le terrain en plein match ? Geste fatal, adieu la finale. C'est comme si elle piétinait leur complicité, leurs joies, shootait dans leurs efforts et envoyait valser toutes ces années passées ensemble. Il prend sa décision comme une désertion. Et cette désertion le dévaste. L'écrase, pulvérise son moral. Isa est à deux pas, enfin à vingt-trois, très exactement. Il les a comptés. Mais en s'éloignant, même si peu, elle a creusé un vide vertigineux. Personne ne dit non plus le mal que ça fait de se coucher sans celle qu'on aime. À sa droite, plus rien désormais. Juste le froid. Et le boutis tout plat. Étrange d'avoir soudain ses aises. Ce confort le gêne. Il ne se permet pas de prendre toute la place. Pas encore. Pour l'heure, il reste sagement de son côté. Comme avant. Avant qu'Isa ne s'en aille. Il formule les choses ainsi, car elle a beau continuer à vivre avec lui, dans sa tête elle est partie. Il se sent délaissé. Il ne s'en plaint pas, bien sûr, mais sa position le trahit. Il n'y a qu'à le voir recroquevillé, les genoux pliés, ramenés contre le ventre, pauvre fœtus à la tête baissée, enfouie sous la couverture qu'il n'ose pas tirer. Mais pourquoi ne s'enroule-t-il pas dedans ? Sait pas. C'est con, mais comme ça. Peut-être qu'il finira par s'habituer. Ou peut-être pas. Peut-être que toute sa vie il laissera la place d'Isa vacante. Peut-être qu'il aura toujours l'impression qu'empiéter sur son côté relève du sacrilège. Et puis si elle décidait de le rejoindre de nouveau et qu'elle le trouvait étalé en travers, t'imagines ? Non. L'espoir fait vivre. Mais pas dormir. Alors pour trouver le sommeil, il applique la même technique que les filles, petites, quand elles devaient se coucher sans doudou chez leurs potes parce que l'apéro s'éternisait : il prend un coussin et l'enlace. Technique pathétique mais efficace. L'autre soir, Isa lui manquait tellement qu'il est même allé dans la salle de bains pour l'asperger de son parfum.

Il est tombé bien bas. Ça veut dire qu'il est une pure caricature. Un cliché sur pattes. Un chien en chaleur. En rut. Rutilant à force de s'astiquer. Ça veut dire le sopalin planqué sous son lit. Ça veut dire qu'il est le meilleur ami de sa main, qu'il s'assoit dessus une bonne dizaine de minutes avant de se masturber pour l'engourdir et avoir ainsi l'impression que quelqu'un d'autre manie son gourdin. Ça veut dire qu'il en est réduit à rêver de faire tout ce qu'il conchiait naguère. Ça veut dire qu'il mate les miches de la boulangère, qui d'ailleurs a des œufs au plat. Ça veut dire qu'il rêve d'une nouvelle pandémie pour rester confiné dix semaines avec Isabelle. Ça veut dire qu'il se projette dans toutes les histoires d'amour, qu'il est ému par les chansons les plus nazes, que lui aussi ferait des folies pour arriver dans le lit d'Isa, n'importe quoi pour un petit tour, au petit jour entre ses draps. Ça veut dire que ce matin, en lisant dans *Libé* un article sur les handicapés qui bénéficient d'accompagnants sexuels, il les a enviés. Ça veut dire qu'il pourrait relever tous les paris pourris de Seb. Qu'il serait cap de traverser les rails du métro, cap d'engloutir dix Big Mac, cap de se désaper sous la tour Eiffel, cap de descendre vingt Heineken d'affilée, cap de parcourir les 4 360 mètres de la rue de Vaugirard à cloche-pied, cap de plonger dans la Seine depuis le pont des Arts et même cap de jouer à l'empereur aux habits neufs et d'aller à poil au bureau en faisant comme si de rien n'était. Ça veut dire qu'il regrette d'avoir refusé d'expérimenter les lieux les plus insolites de la liste qu'Isa lui avait jadis présentée, hilare. Allez, OK pour s'envoyer en l'air dans l'ascenseur de la tour Montparnasse, OK pour baiser dans une cabine d'essayage et même au rayon literie du BHV. Ça veut dire qu'il se régale des clebs qui se lèchent le cul, s'arrête pour les mater quand il a le bonheur d'en voir copuler dans la rue et que l'autre jour, il a imaginé que c'était lui et pas le doberman qui restait collé. Ça veut dire qu'il tend parfois le bras vers l'ombre d'Isa pour avoir l'illusion de la caresser et qu'il lui arrive de la piétiner pour la punir de tout le mal qu'elle lui fait. Voilà, quoi : il est tombé bien bas.

Il a finalement suivi les conseils d'Éric, téléchargé Adblock et ainsi réussi à se débarrasser des fenêtres publicitaires qui l'assaillaient en permanence sur Internet. Il faudrait pouvoir faire pareil dans sa tête pour bloquer le jaillissement intempestif de ses pensées lubriques. Il ne savait pas qu'on appelait ça des pop-ups. Pour lui, les pop-ups, c'était ces gros livres dont raffolaient les filles, qu'il suffisait d'ouvrir pour que les cartons se déplient, se redressent, que les images surgissent en relief et s'animent soudain. La joie et la surprise que c'était de tirer flèches et languettes pour faire apparaître trappes ou tiroirs et y découvrir un tas de choses dégoûtantes, squelettes, araignées, limaces, sorcières, vers luisants, dragons et crottes en tous genres. Le préféré des petites, celui qu'elles passaient un temps fou à regarder, sans jamais se lasser et qu'il fallait trimballer partout, en voiture, en vacances et bien sûr aussi chez le pédiatre, s'intitulait *Il était une fois*. Les contes les plus célèbres s'y trouvaient racontés. Enfin, *racontés*, façon de parler. Car ce recueil ne comportait aucun texte. À quoi bon ? De toute façon, les classiques, *Alice aux pays des merveilles*, *Rayponce*, *Le Petit Chaperon rouge*, tout le monde les connaît. Dans ce livre-là donc, que des images qui vous sautent au visage, surgissent en salve, font pop à la façon du bouchon de champagne. Il se souvient précisément de ce Pinocchio qui se détachait sur le fond rouge du rideau d'une roulotte. Une production signée Stromboli promettait d'assister au *spettacolo piu incredibile del mondo* et présentait *il bambino di legend* dans sa chemise bleue à col Claudine. Les yeux effarés, ronds comme des billes, le noir de sa pupille, les bras levés vers le ciel et les paumes ouvertes pour attirer les spectateurs ou peut-être implorer que tout s'arrête. À peine aviez-vous tourné la page que le nez jaillissait, pointait, pointait, n'en finissait pas de pousser jusqu'à se dresser crânement. Dix-sept centimètres précisément. Il l'avait mesuré, un jour, un peu torché, avec un plaisir coupable. Les vidéos qu'il mate chaque soir sur YouPorn percent dans son cerveau exactement comme le pif de Pinocchio. Pop-up à tout moment. Toujours le plus mal choisi. Pop dans le métro et, pire, pop au boulot. Pop en réunion, pop à la machine à café, pop dans l'ascenseur, pop en visioconférence, pop à la cantoche, pop avec Éric, pop avec son boss, pop, pop, pop ! Il a commencé le porno en ligne lorsque ses rapports avec Isa se sont espacés et qu'il ne l'a plus touchée qu'une fois par mois (époque bénie finalement, mais il ne le savait pas). C'est Nico et

Seb qui l'ont convaincu de s'y mettre quand ils ont compris qu'il n'allait jamais sur aucun site. Tort de s'en priver, ça ne fait de mal à personne et en plus c'est gratuit. Nico joue même aux jeux vidéo. Lui a essayé, répondu à toutes les questions posées pour s'assurer qu'il bénéficiait d'une *expérience de jeu optimale* (Vous avez peur du sexe agressif et de la violence graphique ? Oui Non ; Avez-vous, ou l'un de vos proches, des problèmes d'addiction ? Oui Non ; Qui voulez-vous baiser ? Belle-mère Personnages de dessins animés Voisine ; Choisissez un style approprié : Romantique Érotique Hardcore Extrême ; À quelle vitesse voulez-vous jouir ? Dès que possible En 20 secondes En 5 minutes ; Votre porte est-elle fermée et êtes-vous prêt à jouir dès maintenant ? Oui Non ; Avez-vous compris et accepté nos conditions ? Oui Non ; Êtes-vous prêt à jouir ? Oui Non), mais au moment de payer, de rentrer le code de sa CB il s'était débiné. Pop, pop, pop ! Voilà, ça y est, ça recommence. Au beau milieu de l'après-midi. Pop, pop, pop ! Alors que pour une fois il était hyper concentré s'invite soudain dans sa tête une créature qui le prend en bouche, le fait gicler sur ses seins, y étale son sperme puis se pourlèche les doigts, l'air extatique. Pop, pop, pop ! Il n'en peut plus, c'est cocotte-minute, alors il le fait. Prend l'air dégagé, se lève, traverse l'open space, trace jusqu'aux toilettes, ferme la porte derrière lui, pousse le loquet, dégaine son téléphone, se connecte sur YouPorn, ouvre sa braguette, baisse son froc, sort sa bite et se branle.

PQ à portée de main. Comme il veut que ça aille vite, il choisit ce qu'il y a de plus basique. Une vidéo déjà vue, testée et approuvée. Clic ! Cette blonde qui accueille la queue du voisin entre ses gros seins, il la connaît. Par corps puisque le cœur n'a rien à voir là-dedans. Gage d'efficacité, en trois minutes, c'est torché. Quel dommage de se priver des gémissements ! Sans le son, c'est beaucoup moins bien évidemment. Mais par chance la branlette espagnole ne nécessite aucun sous-titre.

Il s'est viandé. À la Vian.

Il est désormais le gars de sa chanson, cet homme à poil, qui sort soudain d'la salle de bains, dégoulinant par tous les poils, et la moustache pleine de chagrin.

Il cherche des morceaux d'hier dans des gravats d'avant-guerre. Parce que ce n'est pas comme si elle n'avait jamais aimé ça. Elle a longtemps A-DO-RÉ ça. Et il lui arrivait même souvent de le solliciter. Philippe, et ses MMS à la con, serait content de savoir qu'il garde des souvenirs mémorables de ses parties de jambes en l'air avec Isa. Leurs meilleures baises n'ont absolument rien à voir avec celles dont se gargarise Seb. Et rien à leur envier. Ils peuvent aller se rhabiller, lui et son soi-disant méga plan cul. Son prétendu coup du tonnerre fait pâle figure à côté de toutes ces milliers de fois formidables où il a fait l'amour avec Isa. Alors OK, ils n'ont pas souvent baisé trois fois dans la même journée, et le temps du Mardi Mercredi Samedi s'avère fort loin. Mais entre eux ça a toujours été bien. Si bien qu'il ne comprendra jamais pourquoi ça s'est arrêté. S'il savait, Nico… Ses Meilleurs Souvenirs, il en est fier comme un paon. Voire deux. Et tant pis s'il passe pour un benêt. Autrefois Isa ne se faisait pas prier. Pas du genre à jouer les vierges effarouchées. Elle pouvait dire J'ai envie de toi où qu'elle soit, à la librairie, au restau ou dans la queue du cinéma, et puis au lit elle disait Baise-moi, baise-moi encore, baise-moi fort, parfois elle disait Fais-moi l'amour et ce n'était pas tout à fait pareil ; dans le noir elle disait J'ai pas sommeil et ça lui suffisait pour savoir sans même la toucher qu'elle était déjà trempée ; il lui arrivait de dire Non pas comme ça ou d'interrompre les préliminaires, de décider de s'en passer, de refermer ses cuisses, de les claquer sur son visage alors qu'il était en train de la lécher, et impérieuse, d'exiger qu'il la prenne, Prends-moi, prends-moi fort, et bien sûr ses désirs étaient des ordres. Elle lui disait aussi qu'elle aimait son goût, la turgescence de son sexe contre ses joues. Et la douceur de son gland. Ses Meilleurs Souvenirs restent hyper précis, il les visionne régulièrement. Cassettes VHS à la demande, il n'y a qu'à passer commande. Il adorait garder les yeux ouverts pour la regarder faire. La revoit passer et repasser sa queue sur ses lèvres, l'embrasser doucement, avant de la lécher de bas en haut, d'abord très lentement, en s'appliquant, puis goulûment et de la prendre enfin en bouche entièrement, en s'exhortant intérieurement à retarder le moment de s'asseoir dessus parce qu'elle n'en pouvait plus. Seb serait content de savoir qu'il garde une foultitude de fellations figées dans sa mémoire. Il devrait vraiment leur dire, aux copains. Et leur préciser qu'ils ne sont pas tous faits du même bois. Lui aussi a adoré ça, gicler dans la bouche d'Isa.

Imaginer le sperme dans son gosier. Et puis la voir avaler. Elle le faisait quand ils se sont rencontrés, au tout début. Mais il n'a eu aucun mal à s'en priver lorsqu'elle lui a lâché, un jour, qu'en fait ça la dégoûtait. Cette couleur blanchâtre, cette odeur de Javel et cette texture ! Grumeleuse, gélatineuse… Gober cette glaire d'œuf, c'est à gerber ! Devant son air éberlué, elle s'était justifiée. Non, mais c'est vrai ! Les mecs trouvent ça merveilleux que leur nana avale, mais savent-ils seulement de quoi ils parlent ? Est-ce qu'ils ont déjà testé ? Puis Isa s'était marrée : et lui, veut-il s'en délecter ? S'il le souhaite, ce ne sera pas compliqué de recueillir son nectar à l'aide d'une cuillère à café et de lui préparer un petit pot de sperme pour le dessert ou le goûter. Non, merci ! Il avait parfaitement compris. Capté et capitulé. Dit d'accord, OK, laisse tomber, Isa, je m'en fous de tout ça. L'audace qu'elle avait eue d'oser lui confier son écœurement et la confiance qu'elle lui prouvait en lui parlant franchement, sans peur ni pudeur, l'avaient touché. Coulées de sperme sur sa poitrine désormais. Sans peine ni regret. À partir de ce moment-là, il avait fait très attention à chaque fellation, toujours veillé à sortir de sa bouche quand il sentait que ça allait venir. Juste quelques secondes avant de jouir.

Alors quoi ? Que s'est-il passé ? Est-ce qu'il a perdu la main ? Est-ce qu'elle s'est lassée ? Est-ce qu'il est devenu un mauvais coup ? Est-ce qu'il l'a toujours été ? Est-ce que la conjugalité tue obligatoirement le désir ? Ne pourrait-elle pas se forcer un peu de temps en temps pour lui faire plaisir ? Après tout elle l'a déjà fait. Et il était tombé des nues le jour où il l'avait découvert. C'était il y a longtemps. La belle époque. L'époque où ils se parlaient et se comprenaient, même à demi-mot. L'époque où rien n'avait disparu, ni la langue ni le cul. Un matin où il la prenait vite fait parce que les petites étaient déjà levées, il avait remarqué qu'elle n'y était pas. Elle n'avait pas joui même quand il avait promené sa langue sur son clitoris, hyper doucement comme elle aime. Ça lui avait mis la puce à l'oreille. Ce matin-là il s'était donc interrompu. Coupé ! Il lui avait demandé ce qui se passait. Pas envie ? Elle avait reconnu que non, pas trop. Fallait le dire alors. Pourquoi t'as rien dit ? Ben, parce que ça fait un petit moment qu'on ne l'a pas fait. Sa réponse lui avait coupé la chique. Et le chibre. Cou cassé, tête en bas, plié comme un p'tit vieux plein d'rides. Savoir qu'elle prenait sur elle, se motivait pour faire l'amour avec lui, l'avait ému. En revanche, il s'était salement énervé la fois où il avait surpris ce qu'elle racontait à Béné au téléphone. Fixe et filaire, le téléphone. Ce samedi-là, il était revenu lui proposer de passer chez le fromager après avoir conduit les filles au poney club. En grande conversation dans le salon, Isa s'était soudain interrompue. Trop tard. Il avait tout entendu. Sa phrase et le ton sur lequel elle avait jugé bon de rassurer Béné, Oui, oui, ne t'inquiète pas, un très bon week-end même. Et d'ajouter qu'elle venait de faire ce qu'il fallait pour que Monsieur soit d'excellente humeur samedi et dimanche compris. Technique ultra basique, si tu vois ce que je veux dire. Il ne saura jamais si Bénédicte avait percuté, mais lui en tout cas avait parfaitement compris. Message reçu. Cinq sur cinq. Sur le coup, ça l'avait terriblement vexé. Pas qu'Isa dévoile ainsi leur intimité. Ça, il s'en foutait. Non, ce qui l'avait mortifié, c'est que cette putain de pipe ne soit, pour elle, qu'un calumet qu'elle avait fumé pour avoir la paix. Et en plus il n'y avait vu que du feu ! Il avait cru qu'elle la lui avait taillée de bon matin avec entrain alors que tout ça avait été feint. Cette fellation lui était restée en travers de la gorge toute la journée. Il avait ruminé en silence avant de se rendre à l'évidence, ça le faisait chier de le reconnaître parce que c'est terriblement cliché, pourtant il fallait bien l'admettre : il n'a jamais eu besoin de se faire sucer pour faire la vaisselle, passer l'aspirateur ou avoir l'idée de lui offrir des fleurs, mais c'est vrai qu'il se sent toujours hyper détendu après. Serein. Joyeux. Et attentionné. Le mec parfait des séries B. Isa n'avait pas tort au fond. Inutile de lui en vouloir. Et puis après tout, soyons honnête, lui aussi ça lui est déjà arrivé de se forcer. Au moins un peu quand elle avait des velléités après des dîners particulièrement arrosés. Claqué, trop picolé, il savait d'avance qu'il banderait mou et que ça durerait des heures, mais il s'exécutait quand même. Brave petit soldat. Debout, au garde-à-vous. Et à son service. Alors facile de faire la maligne devant les copines ! Tout ça n'empêche pas qu'il lui est arrivé des milliards de fois d'avoir envie mais de le garder pour lui, sachant pertinemment que ça n'arriverait pas ; des milliards de fois d'avoir envie mais de le cacher, histoire de ne pas passer pour un obsédé ; des milliards de fois d'avoir envie et de ne rien tenter, tant pis. Mais il lui est aussi arrivé d'insister. Est-ce qu'insister c'est forcer ? Quand Isabelle disait non, retirait sa main, se retournait et se collait au bord du lit, c'était clair. Pas du tout la zone grise. Mais certaines fois, plein de fois en fait, elle ne bougeait pas, ne disait rien. Alors il s'obstinait. Gentiment. Un peu comme une mère force son enfant à manger. Et l'appétit lui venait souvent en baisant. Il n'était pas rare qu'une fois lancée Isabelle y prenne du plaisir. Il se souvient de cette fois où il s'est mis à la lécher pendant qu'elle lisait. Une page, deux pages… Il avait bien cru qu'elle ne le poserait jamais, son bouquin. Ces dernières années, il avait beau se douter qu'elle se forçait, cela ne calmait pas ses ardeurs. Et ne gâchait en rien son plaisir. Faut dire qu'il était dans un tel état de manque. Il lui est arrivé de lui mettre un doigt dans le cul alors que la sodomie n'a jamais été son truc mais aussi de la caresser pendant son sommeil. Et parfois elle a joui. Malgré elle. Alors quoi ? Franchement, est-ce que ça fait de lui un porc, un mauvais mari ? Il n'a pas toujours compris qu'Isa ne voulait pas. Et régulièrement fait semblant de ne pas comprendre. Mais peut-être que c'est ça, un couple, non ? Deux galériens, deux condamnés. L'un à se résigner, l'autre à se forcer. Un peu beaucoup passionnément à la folie puis plus du tout.

Un débrief du week-end à Honfleur ! Élodie l'a réclamé à grands émojis sur WhatsApp, alors ils l'ont invitée à dîner. Eh ben, papa ! Tu prépares pas ton summer body, toi ! Assise à table en face de lui, sa fille le regarde se resservir pour la troisième fois, se marre, le traite d'ogre. Et c'est vrai qu'il dévore. Il a depuis plusieurs semaines une dalle phénoménale, difficile à combler. Il ne mange pas, il se gave. Bouffe comme un chancre. A faim en permanence. Le premier petit creux apparaît dès 10 heures du matin, même quand il a pris un solide petit déjeuner. Alors à force de lorgner sur les croissants de la cafet' au moment de la pause clope, il a fini par s'en offrir un. Ça l'aide à tenir jusqu'à 13 heures. À la cantine, pas une place de libre sur son plateau. Deux entrées, un plat et parfois deux desserts à force d'hésiter. L'autre jour Éric a trouvé qu'il abusait quand même un peu d'avoir pris les pâtes ET la pizza. Ça pour abuser, il abuse. Il grignote non-stop. Ingurgite tout ce qui lui tombe sous la main, et quand elle ne rencontre rien la plonge dans les paquets de chips, gressinis ou chouquettes apportés par les collègues. Ce soir, Isabelle lui a fait remarquer qu'il avait englouti la moitié de la baguette sur le chemin. La moitié, vraiment ? Elle était chaude alors il s'est autorisé le quignon et puis… Oui, il se laisse aller et n'a pas besoin de se peser pour savoir qu'il a grossi. Il le voit très bien, tout ce gras qu'il met entre elle et lui, ça va merci. Mais tout le tente alors pourquoi se priver ? Ça ne changera rien de toute façon. S'il devient gros et moche, au moins elle aura une bonne raison de ne plus le toucher. Il fait honneur à son tiramisu. Laisse-nous-en un peu quand même, papa ! Élodie a la papote autant que la bougeotte. Trois fois qu'elle se lève pour consulter son portable qui n'en finit pas de biper dans son sac. Ce soir, elle a un drôle d'air qu'il connaît bien, exactement le même que celui qu'elle affichait petite, quand elle essayait de garder un secret. Isa ne s'y trompe pas non plus. Toi, tu ne nous cacherais pas quelque chose ? Visiblement Élodie n'attendait que ça pour se lancer. Elle laisse un blanc, ménage son effet mais ne se fait pas prier pour répondre à la question de sa mère. En fait, elle a rencontré quelqu'un. Non, pas à la fac, sur Tinder. Tinder ? Isa hallucine autant que lui. Ni l'un ni l'autre n'aurait imaginé une seule seconde que les jeunes de son âge… Il comprend, horrifié, que sa fille aurait pu tomber sur Nico. Bref ! Élodie coupe court à leurs commentaires, n'a aucune envie de se justifier ni d'engager un débat sur les pratiques amoureuses de sa génération mais accepte de donner quelques informations sur le garçon. Il a vingt et un ans, fait un master de finances à Dauphine et habite à Villiers, dans un appart' trop sympa. Son père déduit de cette précision qu'elle est déjà allée chez lui. Léo, il s'appelle Léo. Voilà, vous savez tout, conclut-elle en aidant sa mère à débarrasser. D'ailleurs il ne faut pas qu'ils lui en veuillent, mais elle ne va pas trop tarder. Elle doit le retrouver place de Clichy pour un ciné. Elle est sortie sans écharpe, a juste enfilé son blouson sur son T-shirt et a peur de se les geler. Tu veux bien me prêter un pull, Mam's ? Des années que les filles piquent des fringues à Isabelle et fouillent dans son placard sans forcément lui demander la permission. Alors évidemment pour Élodie le oui de sa mère va de soi. Elle a déjà fait quelques pas vers ce qu'elle croit être encore la chambre de ses parents quand Isa répond Bien sûr ! en sortant de la cuisine. Élodie regarde Isa passer devant elle, emprunter le couloir et rentrer dans la chambre de Roxane. Un pull à toi, je préfère ! Oui, oui, chérie, viens choisir celui que tu veux. Élodie s'immobilise, l'air étonné, puis traverse à son tour le salon. Ses sourcils froncés disent qu'il y a un loup quelque part, un truc qu'elle ne pige pas. Assis dans le canapé, il assiste à la scène sans la voir. A le son mais pas l'image. Ah, tu t'es fait un nouveau dressing ! En découvrant les escarpins parfaitement alignés, la petite pense d'abord que sa mère a profité du départ de sa sœur pour annexer sa penderie. Mais la confusion ne dure pas longtemps. Rien n'échappe à Élodie. Elle repère toujours le plus petit changement, la moindre nouveauté. Alors elle remarque sûrement les traces laissées par les photos que Roxane avait épinglées au-dessus de son bureau. Un coup d'œil à la table de nuit encombrée et aux romans empilés doit lui suffire pour comprendre la situation, car sa question tombe très vite : Non mais maman, c'est ta chambre maintenant ? Son constat la consterne. Isa acquiesce. Arrête, je le crois pas, tu dors là ? La stupeur et l'incrédulité font trembler sa voix. Pas celle de sa mère qui confirme : Oui, chérie. Ah, bah sympa pour papa ! C'est sans doute le commentaire de sa fille qui incite Isa à se justifier. Elle laisse passer quelques secondes, puis précise avec le plus grand naturel : Je dors mieux ici. Isa dit *ici*, elle ne dit pas *sans papa*, ni même *sans ton père*, tout le monde a compris, ce n'est pas la peine. Et puis la peine est déjà là. Il ne peut pas la lire dans les yeux d'Élodie car elle détourne le regard au moment de l'embrasser, mais il la sent dans son baiser plus appuyé que d'habitude et la perçoit aussi dans le surnom qu'elle emploie pour le saluer, Ciao papounet ! Depuis combien de temps ne l'a-t-elle pas appelé comme ça ? Élodie ferme doucement la porte, mais c'est comme si elle la claquait. Avec elle, tout un monde disparaît.

Ce qui lui manque le plus, ce ne sont pas leurs ébats, ce n'est pas le plaisir, ce ne sont pas ses seins, ce n'est pas sa bouche dans son cou, ce n'est pas son goût, ce ne sont pas les va-et-vient, ce n'est pas la levrette, ce n'est pas sa langue qui alunit sur son vit, le suce, le lèche, le lape, l'aspire, ce n'est pas le Kama-sutra, la baise à tout-va, ce ne sont pas ses doigts, sa queue en elle, sur elle, ce ne sont pas les shoots de sa chatte, l'odeur de ses mouillures, leurs coulures et parfois même leurs éclaboussures jusqu'au menton, cette fontaine qui le rendait fou, ce ne sont pas les fellations improvisées, inespérées, ce n'est pas la découverte de son sexe intégralement épilé, ce n'est pas la façon qu'elle avait de le faire gicler, ce ne sont pas les frissons, ce ne sont pas ses gémissements, ce ne sont pas ses testicules qui tapent son cul, ce n'est pas la fierté de l'érection longtemps tenue, ce n'est pas sa croupe d'enfer, ce n'est pas la douceur de sa peau, peau à peau, ce n'est pas le merveilleux grain de beauté caché dans le soyeux de ses cuisses, ce n'est pas la roseur de son clitoris, ce ne sont pas leurs numéros d'équilibristes, ce ne sont pas ses couilles dans sa paume, ce ne sont pas les orgasmes, ce ne sont pas ses cris étouffés dans l'oreiller, ce n'est pas sa fente trempée qu'elle lui demande de mordiller encore, encore, ce n'est pas la gaule dans le 501 qu'elle peine à déboutonner, ce n'est pas le 69, ce n'est pas son ticket de métro, ce n'est pas la dureté de ses tétons, ce n'est pas l'éjaculation dehors ou dedans, ce n'est pas sa culotte entre les dents. Non, ce qui lui manque le plus, c'est son désir qui se dandine, monte, l'inonde. C'est qu'elle n'a plus envie de lui. Plus du tout, plus la moindre envie. Pas même de mettre sa main dans la sienne. Ce qui lui manque le plus, c'est la promenade de son index sur son dos, sa course dans son cou quand il conduit, son pouce qui effleure sa joue, redresse la pointe du col de sa chemise avant de partir le matin. Ce qui lui manque le plus, c'est sa tendresse, ses caresses. Elle ne le touche plus. Plus jamais. Même habillés. Même avinés. Même sans le faire exprès. Plus jamais.

Est-ce que sa peau est toujours aussi douce ? Est-ce qui lui arrive quand même encore de se caresser ? Où a-t-elle rangé son godemiché ? Et le plumeau sensuel dont elle raffolait ? Continue-t-elle de se masser les seins, le soir, après avoir dégrafé son soutien-gorge ? Plie-t-elle toujours ses sous-vêtements une fois déshabillée ? Prend-elle ses cachets ou compte-t-elle les moutons pour combattre ses insomnies ? Combien de troupeaux se promènent dans son lit depuis qu'elle ne le partage plus avec lui ? Dans quelle position dort-elle, maintenant que ce n'est plus dans ses bras ? Les a-t-elle baissés, elle, les bras ? Trouvera-t-elle le courage de continuer ? Est-ce que tout est perdu ? Est-ce qu'elle ne le supporte plus ? En a-t-elle fini de l'aimer ? A-t-elle parfois envie de le gifler, de le plaquer contre un mur ? De le plaquer tout court, de le laisser tomber comme une vieille chaussette ? Lui arrive-t-il de le traiter de connard dans sa tête ? Reste-t-elle avec lui par pitié ? Par fidélité à la promesse donnée ? Se souvient-elle qu'ils s'étaient juré de se quitter avant que ne meure le temps d'aimer ? Est-ce qu'elle danse quand elle sort avec ses copines ? S'est-elle confiée à Bénédicte ? Et à Élodie ? Est-ce qu'elle a laissé sentir à Roxane que ça n'allait pas quand elle l'a serrée fort, très fort à Roissy ? Est-ce que ses clients le voient, qu'elle est fatiguée, qu'elle remonte moins vite les lunettes qui glissent sur son nez ? Est-ce qu'à la librairie des sales types la draguent ? Est-ce lui qui lui aura donné son dernier orgasme ? Va-t-elle vraiment deux fois par semaine chez le psy ? Qu'est-ce qu'elle lui dit ? Est-ce qu'elle parle de lui ? Que reste-t-il de leur amour ? Que reste-t-il des billets doux, des mois d'avril, des rendez-vous ? Sent-elle encore sur sa peau l'écho de ses caresses ? Pense-t-elle souvent aux jours lointains ? Est-ce que le chagrin parfois l'étreint ? Soudain une main se pose sur son bras. Sursaut ! Saut périlleux.

Et péril en la demeure. C'est comme s'il découvrait pour la première fois la salle dans laquelle il s'est assis à 11 h 30. Ils sont dix autour de la table à guetter sa réaction alors que Xavier tente visiblement depuis quelques secondes déjà de capter son attention. Et toi, t'en penses quoi ? Rien. Il n'en pense rien. N'a strictement rien écouté de cette présentation dont il se fiche royalement. Et a décroché dès la première slide. Les têtes se tournent et tous les regards convergent vers lui quand la question rebondit. T'en penses quoi, toi, dis, tu m'entends ? Non, il n'entend rien puisque ça rend sourd. Mais tu réponds quand je te parle ? Non, parle à son cul, sa tête est malade.

Est-ce qu'elle n'a plus envie tout court ou plus envie de lui ?

D'un coup ça lui vient, mais bien sûr…

Mais quel con !

C'est gros comme une maison.

Pourquoi ne pas y avoir pensé avant ?

Si elle ne le touche plus, si elle passe des heures scotchée sur son téléphone, si elle ne lui parle pas de la semaine et guère plus le week-end, si elle refuse de dormir avec lui, si elle se couche à l'heure des poules, 21 heures, un vendredi soir, non mais t'y crois ?, si elle s'enferme dans la salle de bains et maintenant dans sa chambre, si elle en sort juste pour déjeuner et encore on se demande pourquoi puisqu'elle ne mange rien, si elle fait un régime, si elle élude les questions, botte en touche ou y répond à peine, si elle n'a même plus envie de regarder un film en sa compagnie, si elle refuse qu'il l'emmène au restau, si elle a autant l'air de s'ennuyer avec lui…

Coup de poing. D'un coup il sait.

C'est parce qu'elle a quelqu'un !

Et ce quelqu'un, elle n'attend qu'une chose : le retrouver le lundi.

Mais oui ! Elle a un amant.

Déciller. Cil après cil. Tout s'éclaire. Sous un nouveau jour. Qui dit que c'est avec Béné qu'elle a dîné la semaine dernière ? Qui dit qu'elle va vraiment au yoga le samedi, même si elle part avec son tapis ?

Mais bien sûr : elle a quelqu'un.

Et lui qui ne voyait rien !

La rage déchire sa gorge où s'engouffrent des sanglots muets, arme ses pieds et ses poings qui se mettent à cogner, cogner le matelas. C'est un combat inéquitable. Le ring est vide alors il s'y étale, empiète pour la première fois sur le côté d'Isabelle, se vautre, bras et jambes écartés, sur ce qui fut si longtemps sa place, l'écrase et boxe, boxe son oreiller qui de toute façon ne les réconciliera jamais.

Vite ! Faire vite. Il entend la porte se refermer puis l'eau couler. Mais c'est la douche, pas le bain. Cela lui laisse moins de temps que prévu. Toute la nuit, il a ruminé. À s'en rendre fou. S'il a fini par trouver le sommeil et dormir une petite heure, c'est uniquement grâce au pauvre plan qu'il a échafaudé. Tout s'est déroulé assez facilement à partir du moment où elle est partie se laver. Il n'a eu aucun mal à trouver son portable sur la table de nuit. Il n'attendait que lui. Lui, en revanche, ne s'attendait pas à le trouver bloqué. Touch ID ou saisie du code. Elle le verrouille maintenant ? Alors qu'elle ne l'a jamais fait avant. Si ce n'est pas une preuve, ça. Vite ! Réfléchir vite. Qu'est-ce qu'elle a bien pu choisir comme code d'accès ? La date de naissance des petites, il ne voit que ça. 280600. Saisissez le code. Touch ID ne reconnaît pas votre empreinte. Si la date de Roxane ne fonctionne pas, celle d'Élodie alors : 130798. Ah, non, toujours pas ! Ses doigts tremblent. Il commence à flipper. Sait qu'il ne peut pas se tromper trop de fois au risque de désactiver l'appareil. Nouvelle tentative avec sa date d'anniversaire à elle. 110869. Encore raté ! L'eau s'arrête de couler. Mieux vaut s'en tenir là. Alors quoi ? Il ne va tout de même pas prendre son doigt pendant son sommeil. Non… Mais que faire d'autre ?

Une semaine qu'il ne pense qu'à ça.

À toutes ces choses qu'elle lui faisait et dont un autre profite désormais.

En ce moment même.

À sa place.

La queue de ce mec entre les seins de sa femme, sa gueule entre ses cuisses, sa langue sur son clitoris, ses doigts dans sa chatte, puis lui en elle, elle trempée, tignasse dénouée, tétons hérissés, lui qui s'active, elle qui n'en peut plus, gémit, crie, en redemande, encore ! Elle sur lui, lui au bord de jouir mais qui se retient, exige qu'elle le suce, elle qui s'exécute éperdument, prend sa bite en bouche, et le fait gicler. Le sperme qui explose dans sa gorge, le liquide chaud qui inonde son palais. Elle qui n'ose pas le recracher, se force à l'avaler. Et se surprend à aimer ça.

Il ne pense qu'à ça.

Sa tête s'est déclenchée dès qu'elle est partie à son cours de yoga.

Elle a dû le choisir fringant tant qu'à faire.
Jeune, beau et frais. Peut-être même musclé.
Envies de vengeance. Envie de tirer son coup.
Coûte que coûte.
Et tant pis si ce n'est pas dans son trou.
Elle a dû aller chez lui.
À moins qu'ils ne se soient retrouvés à l'hôtel.
Oui, s'il est marié, ils sont à l'hôtel.
Il ne pense qu'à ça.
C'est à devenir dingue.
Dingue.

Il va lui tirer les vers du nez.
Les extraire un par un de ses narines.
Il voit déjà briller leur peau rose annelée.
Les imagine frétiller dans le vide,
Tomber sur le sol dans un bruit sec
Et ramper sur le plancher jusqu'à ce qu'il les écrase.

Isabelle ne devrait plus tarder. Il rallume une énième clope en l'attendant et réussit à se calmer un peu. Peut-être qu'il n'y a déjà plus rien à faire, peut-être que sa femme est irrécupérable. Peut-être qu'elle va mettre les bouts. À bout de course, fin de l'histoire. Il repense aux questions des filles et à tous ces pourquoi qu'elles pouvaient enchaîner à la suite. Jusqu'à vingt parfois, il lui est arrivé de les compter. Dans sa tête à lui aussi tournent sans cesse des questions difficiles avec des tas de pourquoi. Il va les poser à Isa puisqu'elle seule peut y répondre.

La voilà ! Il lui saute dessus, ne lui laisse même pas le temps de se déchausser : t'étais où ? Ben quoi, au yoga ! Son air éberlué le fait soudain douter. D'un coup il n'est plus sûr de rien. La serviette trempée et la tenue en boule qu'elle sort de son sac prouvent qu'elle ne ment pas. Et puis son tapis semble roulé moins serré que lorsqu'elle est partie. Il s'est juste fait un mauvais film. Il sait qu'elle meurt toujours de soif après le yoga, alors il lui sert un grand verre d'eau et en boit un aussi pour noyer son épouvante, sa fausse frayeur. Eau qui pique, disent encore les filles. Boisson parfaite pour ce qui va suivre car ça risque de piquer. Elle le remercie puis s'assied sur le tabouret. C'est donc sous la lumière vive des spots de la cuisine que la discussion se tiendra. Il ne sait pas par quoi commencer, ni quels termes choisir. Texture et couleur inconnues. Non identifiées. Isa, Isa... Il répète son prénom comme s'il cherchait son élan. Soudain remontent des mots automates, des mots anciens, des mots d'homme qui l'a échappé belle, qui revient de loin. Des mots d'époux soudés. Il convoque tous ses surnoms, dit Mon Isa, Ma Rose, Ma chérie, Mon bijou, Ma beauté, trouve un Trésor aussi. C'est un signal. Voilà qu'elle se redresse. Dos droit, épaules en arrière. L'air fier. Ces vestiges lui suffisent à comprendre que quelque chose va se jouer. Que ça va être sérieux. Sans doute triste aussi. Il ne dit pas Il faut qu'on parle, il le fait. Sans tourner autour du pot. Il ne l'interroge pas au sujet de son cours, ne lui demande pas comment c'était comme chaque samedi, invariablement, même si elle se contente toujours d'un pauvre *bien*. Il lui pose une question autrement plus difficile. De but en blanc. Sans crier gare. Es-tu toujours heureuse avec moi ? Elle le regarde, éberluée. Sans ciller. Yeux dans les yeux. Il y lit des reproches qu'elle ravale. L'air bruisse de milliers de phrases embusquées. Pourtant rien. Elle ne dit rien. Il enchaîne tant bien que mal. Lui demande pourquoi elle se refuse à lui. Pourquoi tu ne veux plus faire l'amour avec moi ? La question est explosive. Elle dynamite les faux-semblants, fait éclater l'apparente sérénité qu'il leur restait. Les paupières d'Isa se ferment sous le coup de la détonation puis ses mains cachent son visage pour le protéger des milliers d'éclats qui ricochent sur le carrelage. Elle ne voit peut-être plus rien, mais elle l'entend. Alors il sort tout l'arsenal, dégoupille ses bombes en trente secondes. Il lui demande si elle l'aime encore, si elle lui trouve encore une ou deux qualités, si elle a toujours envie de danser avec lui, même si ce n'est pas collés serrés, si elle se souvient du banc au soleil où ils se sont promis de s'asseoir quand ils seront courbés, bossus, fatigués, fripés, ou si elle a rencontré quelqu'un, si elle projette de le quitter, s'il ne lui plaît plus, si tout est fini entre eux, définitivement perdu. Isabelle se recroqueville à mesure que les questions l'assomment. Baisse la tête. Tête sous l'eau. Plus pied on dirait. Mais il s'en fout, continue, la submerge de questions insolubles. Comme elle ne réagit toujours pas, il cesse de l'interroger et déverse tout ce qu'il a sur le cœur. D'un coup. Il dit qu'il se désole de ne plus s'endormir à ses côtés, qu'il en crève de ne plus la toucher. Il est son homme jusqu'à nouvel ordre et voudrait le rester. À jamais. S'il te plaît. Bien sûr, si elle veut marcher seule dans la rue, il disparaîtra de sa vue, mais si elle accepte d'avancer encore un peu avec lui, quand bien même elle ne veut plus baiser, il est là. Lui dire ça, comme ça... Il ne manque pas d'air ! Elle si. Il voit bien qu'elle suffoque, mais s'en moque, soliloque. Sa voix tient vaillamment tête au vide. Ses phrases tournoient longtemps avant de s'abattre lourdement sur Isabelle qui n'a toujours pas prononcé un mot. Mutique. Butée. Emmurée. Recluse dans sa roideur. Il voudrait être dans sa tête ou mieux, dans son cœur, pour savoir ce qui s'y bouscule. Son silence est une violence. Une torgnole d'indifférence qui l'offense, le fauche. Cette aphasie soudaine derrière laquelle elle se barricade le dévaste. Tout plutôt que cette forteresse que ni char d'assaut ni bulldozer ne semblent pouvoir réduire en miettes. Il paierait pour qu'elle l'insulte, l'agresse. Ses mots orduriers seraient une caresse. Au lieu de quoi il s'enlise dans son mutisme, sable mouvant, mauvais. Il se désespère de monologuer. Lui qui voulait discuter. Il remarque soudain la raideur de sa nuque, les phalanges rougies de ses poings serrés. Il y a quelque chose d'indigné, de scandalisé dans sa posture qui trahit tout ce qu'elle bâillonne en elle. Non mais Isa, t'as vraiment rien à dire ? Oh que si, elle en a, des choses à dire. Et elle va les lui dire. T'inquiète ! Elle attendait juste qu'il ait terminé sa tirade. Ça va, ça y est, t'as fini ton numéro ? Pauvre Calimero ! Mais c'est vraiment trop injuste tout ça ! Ma queue, ma queue, ma queue. Il n'y en a donc que pour elle, que pour toi ? Elle n'en revient pas. Elle est épuisée par le boulot, déprimée par le départ des filles, laminée par la ménopause, et lui, lui, il pense à quoi ? À son nombril ! À sa bite ! À la baise ! Non mais je rêve... T'as donc pas compris que j'allais mal, très mal même depuis que Roxane a fait ses valises ? Ça fait six mois, six mois que je ne suis pas bien. Six mois que je vois le psy et que je bouffe des antidépresseurs. Sans parler des insomnies et des bouffées de chaleur qui n'arrangent rien. Alors tu vois, désolée, mais m'envoyer en l'air, c'est le cadet de mes soucis. Et que toi, tu en meurs d'envie, franchement ça me fait une belle jambe ! T'as quoi encore à me reprocher ? Vas-y pendant qu'on y est. Il y a quelque chose de blessé dans sa voix qui s'enraie. Et c'est à lui maintenant que les mots manquent. Une tristesse visqueuse lui tombe dessus et l'englue. Parler lui paraît tout à coup ridicule. Il tente de se désembourber puis recule. Se rend. Pose les armes. Drapeau blanc. Sa bouche se ferme. Ses phrases s'écrasent. Alors lui viennent les mots qu'on dit du bout des yeux. Ni bleus ni noirs. Délavés, exténués. Transpercés et translucides. Le vocabulaire nécessaire n'existe pas. Ils ont tout raté. Et pour un peu, l'obstination avec laquelle ils s'y sont pris pour tout foirer forcerait l'admiration. Il lui demande pardon. Désolé, il ne s'est pas bien rendu compte, mais il est toujours son homme et si elle ne veut plus d'un lover, il reste son partner. Il suffit de mettre ta main dans la mienne, tu sais. Et si elle a besoin d'un amour d'un tout autre genre, qu'à cela ne tienne. Cap de se métamorphoser rien que pour elle ! Et si elle veut le frapper parce qu'elle est en colère, eh bien qu'elle tape, tape, il restera son homme. Envers et contre tout. Envers et contre elle-même surtout. Il sait bien qu'un homme, debout ou à genoux, n'a jamais pu forcer une femme à revenir ni à rester, mais rien ne l'effraie. Pour elle, il pourrait tomber. À ses pieds. Et les lui embrasser. Pardon, pardon. Il a passé en revue toutes les promesses qu'il lui a faites et qu'il n'a pas tenues. Il sait bien qu'il n'est pas à la hauteur. Qu'il ne lui arrive pas à la cheville. Ni même aux orteils. Mais il lui a donné deux filles. Deux merveilles. Est-ce que cela ne compense pas quelques conneries, une chose pareille ? Cette question-là reste en suspens. Irrésolue. Trop difficile sans doute. Isabelle se lève. Il la regarde traverser le couloir sans ajouter la moindre parole. Plus rien à foutre du protocole. Sa porte claque. Clap de fin.

Il ne s'en remet pas. Se traite de tous les noms. Mais à quoi bon ? Qu'il n'a rien vu, c'est faux. Il avait très bien compris qu'elle n'était pas en forme et que les filles lui manquaient. Et puis, comme s'il ne savait pas pour les médocs et pour le psy… Elle se fout du monde quand même. Il la trouve injuste. Pourtant au fond il sait qu'elle n'a pas tout à fait tort. Il n'a pas pris la mesure de son mal. Il l'a minimisé, ça c'est vrai, et il le regrette. Pas autant qu'elle apparemment. Il voit bien qu'Isa lui en veut. Elle n'a pas pris un repas avec lui depuis leur discussion de samedi dernier. C'est fou comme elle réussit à l'éviter. Voilà huit jours qu'un calme artificiel, faux et dissonant, s'est abattu sur l'appartement. Isabelle n'a pas pipé mot de la semaine. Il se le dit avec cette expression-là, parfaitement appropriée, et en temps normal, ça l'aurait fait marrer. Elle pourrait faire un effort, quand même. Au moins pour lui dire bonjour le matin. Mais non, Madame tire la gueule. Pas foutue de se forcer, en revanche faire semblant, ça, elle sait. Les filles, Béné, ses clients : personne ne se doute de rien. Nul ne sait qu'elle est triste. En apparence rien n'a changé. À la voir toujours si bien habillée, à l'écouter, à la regarder sourire, qui pourrait deviner ? Rien à signaler dans sa posture, dans ses tenues, dans sa façon de parler, ni même dans ses manières. Et puis elle n'a guère modifié ses habitudes. Toujours lecture le soir, yoga le samedi et marché le dimanche. Aucune évolution non plus sur son compte Instagram. Elle continue d'y poster des photos de la librairie, des romans qu'elle a aimés, des rares plats qu'elle cuisine encore et a récemment partagé les chaussons de bébé de Roxane qu'elle a retrouvés en rangeant sa chambre. Pour un peu on pourrait croire qu'il se fait des films. Et d'ailleurs il s'en fait, des films. Aujourd'hui, ça recommence. Même cinéma tous les dimanches. Comédie familiale d'une heure, avec lui pour seul et unique spectateur. Mise en scène soignée et toujours le même décor. Isa s'affaire vingt minutes avant la séance. Tire légèrement le rideau pour filtrer la lumière, retape les coussins, les agence avec soin, rapproche la table basse et y installe l'ordinateur. Puis passe dans sa loge dont elle ressort vêtue de son costume de femme parfaite. Reste l'ultime retouche maquillage devant le miroir du salon, à laquelle il assiste, fasciné. Comme il envie ce rouge qui incendie sa bouche ! Il voudrait être ce bâton Chanel qu'Isabelle passe et repasse avec application sur ses lèvres. Il voudrait être ses lèvres qu'elle pince l'une sur l'autre pour bien étaler la couleur avant d'émettre ce bruit sec si particulier qui ressemble à s'y méprendre à celui d'un baiser. Elle agrafe à son visage un sourire dont nul ne pourrait remettre en cause la sincérité. Ça y est, tout est fin prêt lorsque retentit la sonnerie et qu'elle s'installe sur le canapé. Il n'y a que lors de ce sacro-saint Skype avec Roxane qu'il est autorisé à prendre place à côté d'elle. Ce dimanche, il compte en profiter mais se pose d'abord de façon à respecter la distance de sécurité. Prendre garde de ne pas dépasser trop vite les limites. Calmer son impatience… Oh, pas facile. Il se force à attendre que débute la discussion et qu'elle s'anime vraiment avant de tenter quoi que ce soit. Il y a toujours comme aujourd'hui le point météo T'as quel temps, toi ? Puis le point fuseau Il est quelle heure chez toi ? C'est après tout ça que mère et fille entrent enfin dans le vif du sujet, se donnent des nouvelles Et toi, comment s'est passée ta semaine ? Alors Isa enchaîne. Lorsqu'elle dégaine les questions et qu'il la sent, comme maintenant, complètement absorbée par la conversation, il s'autorise à passer à l'action, commence à se rapprocher. À pas de loup. Loup des bois, boîte à lettres vide, plus de lettres d'amour depuis longtemps, mais mourre à trois, oui, c'est tout à fait ça, le hasard en moins. Poings fermés, doigts cachés, il la joue fine, discret. Avance masqué. Agent double. Ses chaussettes se déplacent discrètement sur le tapis. Ses pieds s'immobilisent dès qu'Isa se tait. Mais avancent quand elle se remet à parler. Son jean glisse sur le velours du canapé. Ses coudes se décollent délicatement de ses côtes. Millimètre par millimètre. Imperceptiblement. Son buste se plie régulièrement vers l'ordi pour gagner du terrain. Ne pas se presser, c'est le secret. Il faut parfois accepter comme aujourd'hui de rester de longues minutes coude sur les genoux et menton dans la main. Apprivoiser ses gestes malgré les crampes, les adapter à la situation. Rester sur le qui-vive. Et savoir profiter d'un rire, d'un instant d'inattention ou d'un hochement de tête pour franchir les derniers centimètres. Voilà qu'enfin il déplie le bras près de celui d'Isa. Cœur qui bat, pulse à tout-va. Plus respirer. Et là, la frôler. Frissons. Poils dressés, surtout en été quand les manches sont courtes et les bras et les épaules nus. Sa douceur soudain. Il n'écoute plus rien, se fout royalement de ce qui se dit, se focalise uniquement sur ce qu'il ressent. Transe. Attention, jouir en silence. Veiller à ne rien laisser paraître de sa joie, s'efforcer de cacher le plaisir béat qui l'inonde, le bonheur indicible et si bête que c'est de l'effleurer, de lui voler un morceau de sa peau. Si Roxane savait le cadeau, le cadeau qu'elle lui fait à ce moment-là, la reconnaissance qu'il lui doit. Se servir de la fille pour avoir la mère… Il devrait avoir honte. Si ça ne fait pas pitié… Il en convient tout à fait, mais plus à ça près. Maintenant qu'il est parvenu à ses fins, il pourrait se concentrer sur la conversation, poser à son tour une ou deux questions. Mais non, impossible. D'ailleurs si on lui demandait de raconter leur discussion après avoir raccroché, il en serait bien incapable. Même pas fichu de préciser la couleur du T-shirt de Roxane. Parce que ce n'est jamais elle qu'il regarde pendant ces drôles de face-à-face, ce n'est pas son doux visage en gros plan qu'il observe le dimanche, non, la seule chose qui l'intéresse et qu'il fixe à en devenir fou, c'est la fenêtre qui s'affiche en bas de l'écran, l'image d'Isa et de lui, assis côte à côte sur le canapé, comme si de rien n'était. Comme si rien n'avait changé.

Un homme qui dort. Seul. Cahin-caha. Et qui ne dort pas. Qui a la tête vide. Qui ne bouge pas. Qui ne s'enfonce ni dans ses souvenirs ni dans son matelas. Qui a les idées mortes. Qui n'arrive pas à se débarrasser de son chagrin. Qui empeste la défaite. Qui a les oreilles aux aguets. Qui écoute le silence accablant de cet appartement, s'efforce de domestiquer sa tonitruance, d'affronter ce calme infernal qui fait tout ressortir, la fissure du mur, la goutte d'eau du robinet et sa tristesse effroyable. Qui ne ferme pas les yeux. Qui ne tire plus les rideaux depuis que sa femme dort à côté, et qui sait, même si la raison lui échappe, qu'elle a quelque chose à voir avec la solitude, car petit, déjà, il l'apprivoisait mieux volets ouverts. Un homme qui dort. Seul. Cahin-caha. Et qui ne dort pas. Qui s'entête à inspecter les moindres recoins de cette chambre qu'il n'accepte toujours pas d'appeler *sa* chambre alors qu'elle n'a plus rien de conjugale. Qui dans cette pénombre connue et pourtant nouvelle cherche des formes et en décèle parfois certaines. Qui sommeille à peine. Qui guette les pas des voisins, étonnamment tranquilles ce soir, absents sans doute, déjà morts peut-être. Qui n'entend plus le bourdonnement du réfrigérateur mais sursaute au moindre claquement des radiateurs. Qui regarde, regarde, regarde le plafond, le regarde à n'en plus finir, scrute inlassablement la triste balafre qui le déchire. Qui en fait l'aller-retour, dix fois, vingt fois, cinquante-six fois et ne s'arrête pas, continue encore à l'examiner en bon nageur qui enchaîne les longueurs de piscine sans oublier de les compter. Un homme qui dort. Seul. Cahin-caha. Et qui ne dort pas. Qui a cessé de se désoler parce que sa femme lui a transmis ses insomnies en l'abandonnant dans leur grand lit, si c'est pas cocasse la vie… Qui n'essaie plus d'identifier la couleur, de toute façon indéfinissable, de ses nuits blanches. Qui apprend à tenir, à durer. Qui retourne son oreiller en quête de fraîcheur. Qui pose une main sur son ventre puis l'autre sur sa poitrine. Et qui s'efforce de faire de ses narines ses meilleures amies, comme Isa le lui a appris. Qui inspire amplement, doucement, consciemment en remplissant d'abord le bas du ventre, puis tout le ventre, le bas de la poitrine et le haut du buste. Et qui expire de la même façon, en vidant d'abord la poitrine, le haut du ventre puis le bas du ventre. Un homme immobile. Que l'on croit endormi mais qui ne dort pas. Qui tue le temps. Qui ne se reconnaît plus. Un homme seul, cahin-caha dans le silence d'une nuit qui n'en finit plus. Qui attend. Un homme amoureux puisqu'il attend. Qui aimerait jouer à celui qui n'attend pas. Mais qui attend, attend, jusqu'à ce qu'il n'y ait plus rien à attendre.

Rien n'égaie le morne écoulement des jours qui le séparent de Noël. Il n'arrive plus à se projeter. Peine à avancer. Le manque s'agglutine en lui et forme un marécage dans lequel il s'enlise. Il faut se lever, s'habiller, aller au bureau, prendre le métro, travailler, discuter, faire comme si, comme si de rien n'était, reprendre le métro pour rentrer, dîner avec ou sans Isa, attendre la guillotine de son Bonne nuit, faire comme si, comme si même pas mal, se déshabiller, se coucher, essayer de dormir, il le faut alors il le fait. Vaille que vaille. Mais avec une lenteur de plus en plus poisseuse. Perdu dans le vrac de ses pensées, il ne voit ni le Père Noël suspendu sur le toit de la boulangerie ni les guirlandes dans les vitrines, ne remarque pas non plus les deux sapins à la cafet', toutes ces lumières aux fenêtres. Un grand voile noir endeuille cette ambiance de fête. Son manteau et son écharpe ne l'empêchent pas de frissonner. Et lui qui rêvait que se reproduise le miracle d'Étretat… La complicité inespérée qu'ils ont connue là-bas ne cesse de s'atrophier. Peau de chagrin. Et chagrin sous sa peau. Il ne saurait dire d'emblée combien de temps s'est passé depuis ce week-end. Pourtant le calcul est simple : 20 novembre-15 décembre. Trois semaines. Autant dire une éternité. Peut-être qu'il devrait lâcher l'affaire. Oui, mais comment faire quand il s'agit de l'affaire d'une vie ? Dans ce qui était leur chambre il n'y a encore pas si longtemps plane désormais le parfum faisandé de leurs ébats. Il aurait préféré prendre une grande claque, un gros coup de poing ou de matraque. Uppercut, à terre, ramper. Ou alors que tout explose. Au lieu de quoi tout se dissout, se détend. Lentement. L'élastique s'étire à n'en plus finir mais il refuse de le regarder craquer. Envie de rien. Ou plutôt une seule envie : quitter Paris, aller de nouveau quelque part avec elle. Il a une chance sur deux, alors, foutu pour foutu, il la tente. Il n'ose pas dire *partir à deux*. Il a peur que ces mots-là soient devenus trop grands pour eux. Et surtout qu'ils effraient Isa. Un *Je t'emmène* meurt sur ses lèvres. Il se contente de formuler une question : Et si on partait ? Puis il tourne la roue : Pourquoi pas les Antilles ? La Martinique ? Ou l'île Maurice, pour éviter le décalage horaire. Isabelle rit. Impasse, pair et manque. Elle suspend sa réponse. Juste une seconde. Le temps de lui faire croire qu'elle hésite. C'est gentil, mais elle ne se voit pas les abandonner à la librairie, il sait bien que c'est la plus grosse période de l'année, et puis en plus ils ne vont pas laisser tomber Élodie pour le 25.

Tu parles ! Le 25 décembre, Élodie le passera en Avignon dans la famille de Léo. Et inutile de compter sur elle le 24 au soir puisqu'elle sera dans le train. Isa a accusé le coup. Coup de couteau. Et Roxane l'a remué dans la plaie ouverte par sa sœur en annonçant hier qu'elle ne pourrait pas rentrer de Boston pour les fêtes à cause de ses exams. Isabelle a caché sa déception sous la colère. On a raqué le billet pour rien et en plus Mademoiselle nous prévient huit jours avant ! Lui, cette nouvelle ne l'a pas désolé outre mesure. Il a réussi à faire jouer l'assurance annulation, et puis il trouve ça bien que les filles vivent leur vie. Il a proposé à Isa de fêter Noël avec Élodie le 26, voire le 27, et de se faire un spectacle tous les deux le 25 pour changer. Elle a décliné. Non merci, pardon mais aucune envie. Ce matin, elle a décidé de prendre le taureau par les cornes, elle l'a dit ainsi, et il a vu la bête furieuse foncer sur lui. Deux appels lui ont suffi pour tout arranger. Comme les Berthon n'ont pas non plus leurs enfants cette année et que Jean-Louis n'avait rien de prévu de son côté, ils réveillonneront tous les cinq. Isa lui a demandé de se charger du cadeau de Jean-Louis alors il a fait un saut à la rhumerie du boulevard Saint-Germain et lui a choisi une bouteille. Du Diplomatico. Une valeur sûre. Pendant qu'il y est, il pourrait s'occuper du paquet d'Isa. D'habitude il va chez Aubade, mais ne se voit pas lui offrir de la lingerie cette année. Il n'a pas d'idée et n'en trouve aucune en traînant au Bon Marché qui porte définitivement mal son nom. Alors il entre sans trop y croire au Conran Shop. La question que le vendeur lui pose pour l'aider le déconcerte. Qu'est-ce qu'elle aime ? Ce qu'aime Isa ? Il a l'impression de ne pas savoir, de ne plus savoir. Mais ce n'est pas vrai. Bien sûr qu'il sait. Isabelle aime le chocolat noir, les fruits de la passion, les pulls doux, les carreaux anciens, les girafes ; elle aime la ville, le bitume et le métro ; elle aime humer les pages de ses livres et les corner en bas, glisser de la lavande dans ses sous-vêtements, marcher pieds nus, nager dans la mer et rester longtemps dans son bain jusqu'à avoir les pieds et les mains tout fripés ; elle aime le champagne frappé, le vin blanc avec deux glaçons, le Perrier sans glaçons mais avec une rondelle de citron ; elle aime les vieilles assiettes, le velours et les draps frais. Mais lui, est-ce qu'elle l'aime encore ?

Sept bouteilles vides s'alignent au pied de la cheminée, le cendrier déborde et des rubans traînent sur le parquet. Isabelle regarde pour la énième fois les vidéos que lui ont envoyées les filles puis réclame un dernier verre de Chasse-Spleen. Sûre ? Oh oui ! Saoule mais les idées claires, jure-t-elle en s'entêtant à débarrasser alors qu'elle fait tout tomber. Il l'envoie se coucher en lui promettant qu'elle trouvera l'appartement rangé demain, à son lever. Elle s'avoue touchée qu'il l'ait autant gâtée. Il y a des sanglots dans sa voix, plusieurs mercis, et un Fallait pas. Elle n'avait franchement aucune idée de ce que pouvait contenir le si gros paquet qu'il lui a offert. Ah, c'est parce qu'il avait pris soin de le réemballer pour dissimuler le nom de la boutique. Isa vacille dans le couloir, s'adosse au mur, décrète qu'elle va dormir avec ce manteau qu'elle n'a pas quitté de la soirée et bien sûr ça l'émeut. Il est content de son coup, s'est réjoui qu'elle s'extasie longtemps sur le tombé parfait de la capuche et la douceur de la fourrure qu'elle ne s'est pas fait prier pour essayer sous les sifflets admiratifs des copains. Tu vois, finalement c'était sympa, cette soirée. On a passé un bon réveillon, pas vrai ? Isabelle acquiesce. Et puis on s'est régalés, ajoute-t-il. Ça faut le dire vite, ironise-t-elle, mais j'étais contente de ne rien faire. Il y a quelque chose de râpeux dans son rire. Pour la première fois en quinze ans, elle n'a pas préparé son traditionnel foie gras maison dont raffolent les filles et qui fait sa fierté. Elle l'a acheté tout fait, comme le saumon. Alors évidemment, d'après elle, c'était moins bon. Mais elle n'avait pas le cœur à cuisiner. Tu as eu raison de demander à chacun d'apporter un plat, c'était parfait malgré la bûche trop sucrée. Elle tire une révérence pompeuse et pompette, lui sourit de ce sourire rien qu'à elle, tout droit sorti de l'enfance, qui fond sur ses lèvres à lui au moment où elle regagne crânement ses appartements. Elle fait sa star et elle fait bien car elle en est une dans cette fourrure qui lui va à merveille. Il la regarde avancer de quelques pas dans le couloir. Elle marche à peu près droit mais voilà que déjà elle s'arrête, et sans se retourner, de dos, tête baissée, lance que de toute façon, rien n'a la même saveur cette année.

365
Trois cent soixante-cinq jours
Douze mois
Un an sans toucher Isa.
Joyeux anniversaire.

Une septième boîte de bandelettes atterrit sur son étagère. À ce rythme-là, il va pouvoir ouvrir un commerce. Ou les revendre à la sauvette. Il n'avait pas remarqué qu'elles étaient produites par Quies comme les bouchons d'oreilles dont Isabelle n'a plus besoin maintenant. Si c'est pareil dans tous les couples, le fabricant ne doit pas manquer de clients ; mais alors pour chaque bandelette vendue, ce sont deux boules Quies de perdues. Il aurait dû parler à Olivier, ce soir. Ils ne se retrouvent pas si souvent en tête à tête devant une bière. Il attend quoi, que son placard se transforme en armoire à pharmacie ? Quand il est passé acheter de l'ibuprofène pour lutter contre les migraines qui lui pilonnent les tempes depuis le début de la semaine et qu'Olivier lui a demandé s'il trouvait toujours les bandelettes efficaces, il a acquiescé. Pas osé lui avouer qu'il ne s'en servait pas, que ce n'était plus la peine. Une fois assis sous les chaufferettes du bistro, une fois grillée la première ou la deuxième cigarette, il aurait dû poser le sac en papier sur la table, le pousser vers Olivier et avouer : Tu sais, en fait je n'en ai pas besoin. Ce n'est quand même pas difficile à dire. Oui, mais ce soir les phrases se sont fait la malle. Enfuies, évanouies. Juste une farandole de mots dans son cerveau. Et alors ? Il aurait dû en attraper un, un ou deux, les autres auraient suivi, dans le bon ordre ou le mauvais, peu importait. Ils auraient été décousus, tout effilochés, mais tant pis, Olivier aurait compris. Seulement après il aurait fallu expliquer pourquoi, il aurait fallu raconter la chambre à part, la traversée du couloir et du désert, avouer devoir se contenter de la branlette, tu piges, mec ? et ça ce n'était pas possible, pas envisageable. Pas comme ça en tout cas. L'improvisation ne lui réussit pas. Il doit s'entraîner, se préparer. Et tenter l'humour. Oui, faire rire plutôt que pitié, quitte à passer pour un clown. À la prochaine boîte, il le lui dira. Ça lui laisse un mois pour trouver comment. En attendant lui aussi voudrait dire #Metoo. Toutes ces femmes qui prennent la parole, l'ouvrent enfin pour se confier, décrire le mal qu'on leur a fait, et lui qui pendant ce temps continue de la fermer… Il a envie de dire moi aussi, moi aussi j'en chie, moi aussi je suis cassé, dévasté, mais moi c'est parce qu'on ne me fait rien. Rien de rien. Nada ! Pas de mal mais plus aucun bien. Et tout ça ne lui est pas égal. D'abord est-ce bien normal, cette chasteté imposée, cette ceinture qu'on lui met ? La ceinture, lui, il préférerait la sentir sur son cul. Il croyait en avoir fini avec la douleur, mais elle le rattrape sans répit. Il y a quelque chose d'abrasif dans le manque affectif. Est-ce que l'on peut en parler, du corps fourbu parce qu'on ne le désire plus, de la souffrance que peuvent infliger des mains qui plus jamais ne vous touchent ? De la violence qu'il y a à essuyer tous ces refus de la part de la personne qu'on aime. Est-ce qu'on peut le dire, tout ça ? Non, pas le droit. Tabou. Ta gueule, c'est tout. Et puis y a pas mort d'homme. Ben si, justement, il y a un homme qui se meurt. De désamour et de désirs coupables. Inavouables. Il finit par trouver le sommeil, exténué, mais ne dort pas longtemps. Se réveille en sursaut. Perdu au milieu de la nuit dans son trop grand lit. En nage, trempé d'une sueur rance. Souffle court et verge longue, impuissant devant cette érection de malade. Il pèse une tonne de frustration et de dépit. Le voilà plein d'un désir irréfréné et peut-être inassouvi à jamais. Allez bite, à la niche. Il devrait la tenir en laisse. Bien serrée. Cette photo lui revient sur laquelle il est tombé l'autre midi, au hasard d'une errance sur Internet. C'est un lourd masque composé d'un cercle de fer et d'une plaque en métal, tranchante comme une lame qu'il fallait autrefois placer dans la bouche de la commère pour lui bloquer la langue et qui la lui piquait si elle avait le malheur de bouger. Punition bien méritée. Une laisse en fer permettait de promener madame en ville histoire que les passants puissent l'insulter copieusement, déverser sur elle crachats et vacheries. Cette muselière à mégère a fait un tabac du XVIe au XVIIe siècle, rencontré un succès du tonnerre en Angleterre, en Écosse mais aussi aux Pays de Galles. Plus on est de fous, plus on meurtrit. Les Allemands ont même perfectionné l'outil, le dotant d'une clochette afin de s'assurer que la malotrue ne passe pas inaperçue. Il lui faudrait un harnais aussi sophistiqué pour dresser son désir, cadenasser son sexe, suspendre ses pulsions et entraver ce rêve érotique, ce cauchemar pathétique plutôt, encore très net dans sa tête. Fantasmer de prendre Isa de force, la contraindre à défaut de la convaincre, l'écarteler contre son gré, lui faire subir les pires supplices, des tas d'atrocités, vouloir la violer alors qu'il s'est juré de la protéger contre vents et marées, est-il possible d'en arriver là ? Pauvre type. Piteux, il se lève pour pisser, se dépêtrer au plus vite de ce sexe en épée. Croise son visage dans le miroir. Empâté et pelé. Sa peau s'écaille à force de ne plus être touchée. S'en rend-elle compte, Isa ? Il n'est plus que l'ombre de son chien. Un vieux chien galeux dont la fidélité la gêne, l'encombre, l'exaspère même, il le sent bien. La queue entre les jambes en revenant des W.-C., il aperçoit un filet de lumière sous la porte de Roxane. Ne peut s'empêcher de la pousser et découvre Isabelle lovée dans les bras de Morphée qui ne mesure pas sa chance, l'enfoiré. Il n'y a donc plus que le sommeil pour la prendre en flagrant délit de tendresse. Elle s'est endormie, bouquin à la main et lunettes sur le nez, alors il fait comme avant, les lui enlève tout doucement, puis récupère son livre, le pose délicatement sur la table de chevet et appuie sur l'interrupteur de la lampe qu'elle y a installée. S'allume alors en lui l'espoir insensé de réussir à éteindre ses regrets, son désir bien plus coriace qu'il ne l'imaginait et ses érections toutes inutiles désormais.

Il devrait porter plainte. Oui, voilà sans doute la meilleure chose qu'il lui reste à faire : aller au commissariat, un soir de semaine ou mieux, samedi après le supermarché, en bon mari bien propre sur lui. Il faudra sans doute poireauter mais il achètera *Libé*, prendra son mal en patience et quand viendra son tour fera comme dans les films, suivra le flic dans le couloir, s'assiéra sur la chaise qu'il lui aura désignée, attendra qu'on lui demande ce qui lui arrive puis portera plainte. Sûr que le gars derrière son bureau compatira. Une nana qui prétend se faire taper dessus alors qu'elle n'a pas le moindre œil au beurre noir, difficile à croire. Mais comment douter de la parole d'un mec mal baisé ? Et même pas baisé du tout. Impossible. Où irait-il chercher une chose pareille ? Non, franchement, tu l'imagines inventer ? Sa déposition sera transmise au procureur de la République qui ouvrira l'enquête. Isa prendra sûrement un avocat qui lui rappellera ses droits, mais aussi ses devoirs, au premier rang desquels figure tout de même le devoir conjugal. Sans que le coït ne soit nécessairement bestial, il y a obligation morale. Et puis en vertu de l'article 212 du Code civil, les époux se doivent mutuellement respect, fidélité, assistance. Ne pas porter secours à une personne en détresse est puni par la loi. Article 223-6 du Code pénal. Quiconque pouvant empêcher par son action immédiate, sans risque pour lui ou pour les tiers, soit un crime, soit un délit contre l'intégrité corporelle de la personne, s'abstient volontairement de le faire est puni de cinq ans d'emprisonnement et de 75 000 euros d'amende. Or en l'occurrence, le péril est avéré, l'intégrité corporelle menacée, la santé physique et psychique en danger. Il y a infraction pour cause d'inaction. Isa devra payer pour son inertie. Enfin, payer, façon de parler. Ils trouveront un arrangement. Isa paiera de sa personne. En nature. Ça lui suffira.

Pour l'heure, il a décidé d'appliquer en intérieur comme en extérieur, sept jours sur sept et vingt-quatre heures sur vingt-quatre, la stratégie d'évitement qu'il a imaginée il y a quelques semaines déjà pour ficeler ses frustrations et désarmer ses érections. Puisqu'il ne baise plus, il biaise.

À LA MAISON. 7 h 20. Il attend désormais qu'Isa soit prête pour se lever. Ça lui épargne la déambulation en nuisette qui nécessite toujours d'en passer par l'étape branlette. Mains sur le satin, caresse du petit matin, chagrin.

À LA PAUSE DÉJEUNER. Vers 13 heures. Les troquets près de son bureau sont pleins à craquer de couples adultères qui se mangent de baisers. Comment il sait ? Pas besoin de radar ni de mouchard. L'infidélité pue à plein nez et suinte de partout. Maîtresses, amants, amours débutantes, il les détecte tous à dix mètres. Collés serrés, bave aux lèvres, lèvres luisantes, langues pendantes, cou rougi et trique dans les costumes étriqués. Est-ce qu'on s'embrasse comme ça quand on est en couple, marié ou pacsé depuis des années ? Non. Bah vous voyez. Il s'est rabattu sur la cantine pour échapper à toute cette sérotonine mais c'est moins bon et pas mieux. La cacophonie ne l'empêche pas d'entendre des regards énamourés que ses collègues croient muets. Alors finalement, le midi il préfère rester devant son ordi.

DANS LA RUE. Matin, midi et soir. Son cerveau n'a qu'un objectif : neutraliser les zones d'excitation. Il apprend à fuir tout ce qui rappelle l'amour, tout ce qui y ressemble de près ou de loin. Il ne traîne plus aux terrasses des cafés et a cessé de couper par le parc. Mieux vaut se rajouter quelques minutes de trajet plutôt que de tomber sur des amoureux qui se bécotent sur les bancs publics. Il maudit la météo et tous ces cons qui méprisent les dictons. C'est fou comme avril déshabille les filles. Jupes fendues à chaque carrefour, robes ras les fesses, hauts moulants ou décolletés plongeants à se noyer : si ça, ce n'est pas du harcèlement de rue. Déjà qu'il ne pense qu'à ça… Il se protège de ces agressions comme il peut, slalome, louvoie et marche les yeux rivés au trottoir. Pas pour repérer les crottes des clébards, mais pour éviter tous ces gens qui se tiennent par la main en parlant du lendemain. Eux et leur connivence criante même tout bas, même à distance, il ne peut plus les blairer. Il les trouve obscènes, rêve de leur casser la gueule, les fuit comme la peste, le choléra, la grippe A, le coronavirus et tous ses variants. Et puis juin va arriver vite et ce sera encore plus cruel. La faute aux portes cochères et à la rumba dans l'air. Lorsque les beaux jours transformeront la ville en baisodrome, il lui faudra revoir encore ses itinéraires, restreindre un peu plus son périmètre. Par les soirs bleus d'été, il devra s'interdire certains quartiers, le canal Saint-Martin, le Marais, l'île Saint-Louis mais aussi les ruelles de Saint-Germain-des-Prés. En juillet, il fera comme l'année dernière et encore celle d'avant. Il ne déambulera pas sur les quais, se contentera de promener sa solitude sur les larges avenues et laissera le vent baigner sa tête nue. Il ne parlera pas, ne pensera à rien, mais sait que l'amour infini lui montera dans l'âme. Et avec lui la douleur inouïe d'avoir perdu sa femme.

Faut le faire, quand même. Faut oser. Voilà facilement quinze jours qu'un pavé se promène entre la cuisine et la table basse du salon où il trône ce soir éhontément. Sa lecture avance doucement à en juger par l'immobilité de la carte postale qu'elle y a glissée. Plus de deux mille pages, facile. Arthur Dreyfus, *Journal sexuel d'un garçon d'aujourd'hui*. Typiquement le genre de bouquin qu'Isabelle lui aurait lu à voix haute autrefois. Pourquoi le laisse-t-elle traîner ? Pourquoi laisse-t-elle précisément traîner ce livre-là, alors qu'elle a l'habitude de ranger tous ses bouquins dans sa chambre ? Affront ? Pied de nez ? Doigt d'honneur ? Exhibitionnisme ? Il ne sait pas comment il doit le prendre. Et peu importe au fond. Si ça se trouve, elle ne le fait pas exprès. Si ça se trouve, elle ne s'en rend même pas compte. Et ce serait bien ça le pire. Ou alors c'est lui qui vire parano. Seul devant la télé, il a l'impression que le monde entier s'est ligué pour lui rappeler encore et encore qu'il est sur la touche : Touche pas à mon poste ! et les Xavier Niel et les Simoncini, tous ces vieux touche-à-tout de génie et les bancs de touche du PSG ; toutes ces expressions auxquelles il n'avait jusqu'alors jamais prêté attention clignotent désormais, lui sautent aux yeux et s'entrechoquent, charivari, cul par-dessus tête, tête-à-queue, queue de poisson, dans une odieuse cacophonie. Et puis tout est doux partout. Les températures du flash météo et les pubs à la télé, à la radio, dans le métro : Nivea, Perle de lait, Soupline, Ricoré. Cette douceur à tire-larigot l'irrite. Overdose. Il faudrait faire exploser ce trop-plein, cette sensualité de supermarché, taillader cette baudruche et la regarder dégouliner. Écœuré, il zappe, zappe pour éviter ces foutues publicités et finit par tomber sur un documentaire animalier. Mais quelle chance ont donc ces grenouilles en train de copuler ! Est-ce que la saison des amours est définitivement terminée pour Isabelle et lui ? Elle a encore mis Barbara à fond dans sa chambre, comme pour répondre à cette question qu'il n'osera pas lui poser une deuxième fois, et il ne peut s'empêcher de se demander si elle écoute cette chanson aussi fort par nostalgie ou par provocation. Mais au fond peu importe, il veut bien se refaire pour pas une thune des clairs d'amour au clair de lune et rester là, c'est merveilleux, à se rire du fond des yeux. Il aimerait aussi que les petites ne soient jamais parties. Ni Roxane ni Élodie. Qu'elles n'aient pas grandi. Retrouver leur douceur potelée et innocente. Avec elles, il n'aurait pas peur de l'avenir et le présent serait supportable. Il y aurait des baisers en voici, en voilà. Baisers de propane, cœurs légers dans les nacelles ; sur les yeux, sur le nez, bras en collier ; papillon, esquimau, collants, mouillés ; au Nutella, gélatineux, crémeux, baveux et toujours le dernier dernier promis juré, une fois l'histoire terminée. Les occasions de se sentir, de se toucher ne manquaient pas autrefois. Et encore des gratouilles et encore des caresses. Oui, oui, dents bien lavées, Tu veux vérifier ? Et la bouche trouée de quenottes qui s'ouvre fièrement dans un Haaa ! L'haleine à la fraise et le souffle merveilleux de l'enfance. Il en redemandait. Attends, fais voir ta frimousse, Donne-moi la main pour traverser, Main sur la table et Attachons un torchon pour éviter de te tacher. Et la main qui en profite pour s'éterniser dans la nuque et la queue-de-cheval qui s'agite et le chatouillis des cheveux. Il y avait les menottes qui dansotent, agrippent ses oreilles, le poids de leur petit corps rondelet sur ses épaules, des doigts qui attrapent les plis de son cou, et deux têtes sur ses genoux, et les câlins du soir et du matin, et les *Je te tiens tu me tiens par la barbichette*. Mais il n'est plus jamais le premier à rire et se damnerait pour une tapette. Ou juste un *Tu piques !* qui frotte ses joues. Inutile de se raser désormais. Tout a disparu. Nid vide. Filles envolées. Quant à Isa, picoti, picota, pond deux œufs et puis s'en va.

La perspective de se glisser seul entre ces draps qui n'exhalent plus que son absence rend tout flottant, empoisse le temps, pèse comme un couvercle sur son esprit gémissant. Si seulement il n'y pensait que le soir venu et si encore c'était sûr, sûr et certain, que c'était mort, qu'elle ne dormirait plus avec lui, plus jamais, il se ferait une raison, une putain de raison. Mais non. Il ne peut s'empêcher d'y croire. Il garde chevillé à ce corps qu'Isabelle ne touche plus le pathétique espoir qu'entre eux quelque chose se passe, peu importe quoi. Cet espoir frétille, palpite, s'agite, ne s'avoue pas vaincu, pas encore. La question qui s'est allumée ce matin dans son cerveau monomaniaque clignote maintenant comme une devanture dans la nuit noire : Et si ce soir ? Il faut qu'il la pose à Isa. Il faut à tout prix qu'il la lui pose. C'est la bonne résolution qu'il a prise le 18 janvier, le jour de l'anniversaire honteux et déprimant de leur un an de chasteté. Seulement voilà les mois ont passé. 18 février, 18 mars, 18 avril… Trois mois qu'il attend le bon moment et que le bon moment ne se présente jamais. Au saut du lit, devant ses tartines et son thé chaud, trop tôt. Le soir en rentrant, trop fatiguée. Alors quoi ? Prendre rendez-vous, lui envoyer un carton d'invitation ? Non ! En se levant ce matin, il s'est promis, promis juré sur la tête des filles, qu'il passerait à l'action aujourd'hui parce qu'on est le 18 avril 2021 et que cela fait quinze mois, 454 jours très exactement qu'ils n'ont pas fait l'amour. De toute façon, elle n'a pas grand-chose à raconter, chipote en silence les lasagnes parfaitement gratinées. Elle garde les yeux rivés sur son assiette mais les relève pour l'écouter. Le voilà soudain dépouillé de toute pudeur. À nu. Porté par la témérité de celui qui n'a plus rien à perdre. Il n'en peut plus d'attendre, d'espérer, alors il demande, quémande : On dort ensemble ce soir ? Il a la sensation de s'être jeté à l'eau. La trouve glacée et tout de suite se prend un vent, un bon gros vent. Bien plus fort que celui qui soufflait sur les falaises d'Étretat. Non, répond Isabelle. Elle ne le dit pas méchamment. Mais son refus le blesse dans son amour-propre. Dans son amour tout court. Elle dit Non, non, pas ce soir. Comme si c'était possible demain. Et c'est bien ça qui lui fait le plus mal.

Connasse. Quelle connasse ! Non, mais quelle connasse ! Qu'elle se casse, qu'elle se barre où elle veut et avec qui elle veut, mais qu'on en finisse une bonne fois pour toutes. Pour ce que ça change de toute façon de vivre avec elle... Il n'aurait jamais dû la rencontrer, jamais ! Jamais dû envoyer cette foutue annonce à *Libé*. Et puis qu'elle se le foute au cul son *Bonne nuit !* Comment la nuit pourrait-elle être bonne dans des conditions pareilles ? Qu'elle aille se faire foutre ! Pour qui elle se prend à snober le dîner qu'il s'est fait chier à préparer ? Trois bouchées, il les a comptées, trois bouchées avant de poser sa fourchette et d'attraper son portable alors qu'ils ont toujours interdit aux filles de le prendre à table. Et puis à qui elle textote comme ça ? La rage le ravage. La haine monte en lui, s'exhale en bouffées démentielles. Criminelles peut-être même. La voilà en roue libre. Elle se gave de sa frustration, enfle dans le silence exaspérant de cette chambre et écrase ses chagrins, piétine ses manques. Sa bouche est un bourbier d'où suinte une méchanceté inédite. Les insultes n'empruntent pas le chemin de ses pensées, elles dégorgent malgré lui. Il ne se reconnaît plus. S'entend lâcher pour lui seul des tas de mots en *asse*, des phrases qui ne sont pas les siennes. C'est comme s'il n'y avait personne derrière elles. Des injures qu'il n'a jamais prononcées de sa vie, qu'il ne se croyait même pas capable de formuler, remontent de ses viscères, infestent son gosier, palpitent sous sa langue, sifflent entre ses dents qu'il tient pourtant serrées, puis s'extirpent de ses lèvres closes avec une force incroyable et cascadent dans son lit. C'est une vase, une gadoue dégueulasse qui en temps normal lui donnerait la nausée, mais qui, ce soir, apaise son dépit, panse ses plaies et dans laquelle il se soulage, se vautre longtemps. Est-ce parce qu'il s'est vidé, que quelque chose en lui s'est calmé, qu'il le perçoit soudain, ce mot sale, qui en tombant tache les draps, macule son amour et souille le silence ? Ce *connasse* qu'il chique, mâche et remâche depuis de longues minutes, ressasse sans même s'en rendre compte, d'un coup il l'entend, et d'un coup il a honte. Honte du pauvre gars qu'il est devenu. Honte de cette misère sexuelle qui l'avilit et lui fait perdre l'esprit.

Il souffle un vent à décorner les bœufs et les cocus du monde entier dont il fait peut-être partie. Et en plus il flotte. C'est une pluie de cinéma. Il pleut sur ses cheveux, pleut sur son manteau, il pleut sur ses mains glacées, sur la sacoche de son ordinateur, sur le nubuck de ses bottines et sur son cœur aussi. Pas le courage de marcher comme ça jusqu'au métro ni de se taper deux changements pour revenir de chez son client, alors il hèle un taxi, s'y engouffre et le regrette la portière à peine claquée. Depuis que Marie Laforêt s'en est allée tourne en boucle sur les ondes cette chanson dans laquelle elle parle de la tendresse dont on a tous besoin. Il a l'impression idiote qu'elle a été écrite pour lui. Mais comment ne pas s'y reconnaître ? On peut vivre sans richesse, presque sans le sou, des seigneurs et des princesses, y en a plus beaucoup, mais vivre sans tendresse, on ne le pourrait pas. Il confirme : il n'y arrive pas. On peut vivre sans la gloire qui ne prouve rien. Être inconnu dans l'histoire et s'en trouver bien. Mais vivre sans tendresse, il n'en est pas question. Et le chauffeur de monter le son : Dans le feu de la jeunesse, naissent les plaisirs. Et l'amour fait des prouesses pour nous éblouir. Oui mais sans la tendresse, l'amour ne serait rien. Les paroles résonnent dans l'habitacle avant de se fracasser pitoyablement contre le pare-brise. Besoin d'air. Il appuie sur le loquet, baisse la vitre. Le froid ne le ragaillardit pas. Il se sent écrasé soudain par ce verdict sans pitié qui le condamne. Effectivement sans la tendresse d'un cœur qui le soutient, non, il n'ira pas plus loin. Le voilà arrivé à ce point. Point mort. Il y aurait bien une solution : un enfant vous embrasse parce qu'on le rend heureux, tous nos chagrins s'effacent, on a les larmes aux yeux. Seulement les filles ne sont plus là. Aucune envie de rentrer après le râteau qu'il s'est pris hier. De toute façon, à l'heure qu'il est Madame promène son cul avec Béné. Ou un autre, qui sait ! Son cerveau prend l'eau au moment où Marie Laforêt formule sa prière. Mon Dieu, dans votre immense sagesse, immense ferveur, faites donc pleuvoir sans cesse, au fond de nos cœurs, des torrents de tendresse pour que règne l'amour jusqu'à la fin des jours. Il faut trouver quelque chose, faire diversion, vite ! Après tout il irait bien à l'apéro d'Éric. Son SMS *Mais oui, on t'attend !* achève de le décider. Cela fait si longtemps que plus personne ne l'attend. Pour contrer la vague sur le point de le submerger, il blasphème, donne une autre adresse au taxi et envoie ce Bon Dieu de bordel de merde et son immense sagesse se faire foutre, pour les siècles des siècles. Amen !

Un cœur rouge sorti des lèvres d'une bouille jaune, toute ronde, le sourcil haussé et l'œil fermé comme pour mieux se concentrer sur l'envoi du baiser. Mirage ! Non, il est bien là, ce smiley qui l'embrasse. Il l'a trouvé en sortant du métro, au bas du texto d'Isa demandant de ses nouvelles. Son portable affichait aussi un appel en absence de sa part. En le découvrant, il a tout bonnement halluciné. Dix fois déjà, vingt fois peut-être qu'il vérifie qu'il n'a pas rêvé. Des mois que les coups de fil et les vrais messages, c'est comme la baise, terminé. Archivé ! Il ne saurait dire à quand remonte la dernière fois qu'elle l'a appelé pour rien, juste pour lui. Durant des années, Isa lui a téléphoné pendant sa pause déjeuner. Elle composait son numéro de bureau même quand elle n'avait pas le temps de s'arrêter. Speed, des clients à conseiller, plein de cartons à ouvrir et pas grand-chose à raconter, mais envie de t'entendre. Cela fait belle lurette qu'il n'a plus le droit qu'à des SMS expéditifs. Purement informatifs ou sur le mode impératif avec ni bonjour ni merci et pas toujours de s'il te plaît. Du type Achète du pain ou Passe chez le boucher. Alors autant dire que le package appel + texto + smiley relève du miracle. Pour qu'elle s'intéresse à lui, il faut donc découcher. Belle moralité. Et sacrée mentalité ! Il aurait dû le faire depuis longtemps. Mais comment imaginer une telle combine ? Ce n'était pas du tout prévu. S'il n'avait pas tant picolé, s'il n'avait pas posé sa galette chez Éric au moment de partir, s'il avait pu tenir debout après tous ces verres de rhum, s'il y avait eu un ascenseur, s'il n'avait pas été incapable de redescendre à pied les cinq étages de son vieil immeuble, jamais il ne serait resté chez lui, il serait rentré, évidemment. Avec tous ces si, il a mis Isa en émoi. Et s'en réjouit. Pas peu fier de lui avoir rendu la pareille. À son tour de se faire du mouron. Au moins le clic-clac d'Éric ne lui a pas défoncé le dos pour rien. C'est pathétique à dire, mais ce smiley lui fait sacrément plaisir. L'idée qu'Isa se soit fait du souci pour lui, peut-être même un sang d'encre, soyons fou ! le met en joie. Il se sent tout guilleret. Vengé ! Il a le même caleçon que la veille, la chemise et la mine froissées, mais l'air goguenard du gosse ravi du bon tour qu'il vient de jouer. Un partout balle au centre. La partie peut reprendre. Il fait le malin alors que personne ne saura jamais rien de cette victoire si dérisoire. Ce pauvre smiley le turlupine durant toute la journée, réveille en lui un serpent noir, un espoir fou, insensé, complètement démesuré. Qu'il se force à étouffer, enserre fort, fort jusqu'à l'entendre suffoquer et être vraiment certain de l'avoir étranglé. Il voudrait voir dans ce message d'Isa la preuve que tout est oublié, sa punition levée. Qu'elle va se remettre à l'embrasser gaiement comme ce bonhomme jaune bien aimable. Il aimerait se convaincre qu'il peut encore y croire, qu'il va retrouver sa femme, qu'elle va enfin s'attendrir, revenir dormir avec lui, se remettre à le toucher et même à le sucer pendant qu'on y est. Mais rêve pas. Il a compris. Elle croit quoi, qu'elle va encore l'avoir ? Qu'il suffit de lui envoyer un cœur, de lui jeter une baballe pour qu'il rentre ventre à terre à la maison et l'attende sagement assis dans le salon, mendiant une caresse, un quignon de tendresse, langue pendante et papatte levée ? Eh ben non ! Il n'est plus ce bon chienchien dont la queue frétille et que son maître déçoit.

Une bile âcre lui remonte depuis hier, qui n'a rien à voir avec la gueule de bois. C'est un mélange acide de hargne et de frustration, où surnagent l'amertume, la rancœur et le dépit.

Et puis ce matin est apparu dans sa bouche, pour la première fois, un goût inconnu, amer et écœurant, qu'il n'a pas encore identifié, mais qui pourrait bien être celui de la séparation.

Alors, tu nous le présentes quand, ton Léo ? On va finir par le voir, un jour ? Isabelle n'attend pas le dessert pour mettre le sujet sur la table. Elle pose la question d'entrée de jeu. Élodie fait comme si elle n'avait rien entendu et son silence exaspère Isa, qui repart de plus belle : Ne me regarde pas comme ça, ses parents te connaissent depuis le début, tu es allée plein de fois en week-end avec eux, mais nous… Nous, rien ! Tu ne nous trouves pas assez bien ? Remarque, c'est vrai qu'on est beaucoup moins friqués. Les mots claquent au visage de la petite. Le rouge aux joues, la tache, rouge, elle aussi, qu'il remarque sur la nappe, à force de la fixer, les mains qui jouent avec le pain, la mie qui roule sous les doigts, la boule dans la gorge, les verres qui se vident. Ambiance… Un ange passe puis un deuxième, un troisième, qui tous trépassent. Cimetière d'angelots. Encore un peu de bordeaux ! Élodie fait la gueule pendant tout le repas. La vexation lui cloue la langue. Elle se tait jusqu'au café, au grand dam de sa mère. Et lui, d'habitude hyper solidaire, pense que ce coup-là Isa ne l'a pas volé.

Comme ça, elle voit l'effet que ça fait quand on parle et que personne ne vous répond… Isa ne se débine pas pour autant. Est-ce qu'elle se rend compte qu'elle a exagéré ? Peut-être. En tout cas, elle se sent obligée de se justifier. Quoi, c'est vrai, ma biche, tu nous as même plantés pour passer Noël chez les parents de Léo, alors que nous, on ne l'a jamais vu. T'as honte de nous ou quoi ? Ça l'agace qu'Isa l'englobe dans ce *nous*, se serve de lui pour culpabiliser la petite. Bien sûr qu'il aimerait bien le rencontrer, ce garçon, depuis le temps qu'Élodie en parle. Ça fait un moment que lui aussi fait gentiment comprendre à sa fille qu'il serait ravi de faire la connaissance de son petit ami. Mais de là à la brusquer et à lui mettre une pression pareille… Faut quand même pas pousser. Quand Isa utilise aussi Roxane en lâchant Même ta sœur trouve ça bizarre qu'on ne l'ait encore jamais croisé, ça l'énerve carrément. Là, il trouve qu'elle dépasse les bornes. Arrête, Isa, laisse-la tranquille. Elle nous le présentera quand elle en aura envie.

Message reçu en tout cas. La pauvre Élodie a dû culpabiliser à mort et ruminer toute la nuit pour appeler sa mère de si bon matin. Isabelle boit son thé quand son téléphone sonne. Comme il passe devant la cuisine à ce moment-là, elle met le haut-parleur. Je fais vite, maman, parce que je rentre dans le métro, ça va couper, c'est juste pour te dire : j'en ai parlé à Léo, il est OK, c'est quand tu veux pour un dîner. Isabelle se réjouit, Ah, c'est génial, ma chérie. On a hâte, avec papa.

De mauvais acteurs, un frère et une sœur, de simples camarades, de vieilles connaissances, un chien et un chat, un animal de compagnie, de faux amis, d'anciens amants, des aimants, des prisonniers, le Yin et le Yang, l'indifférence, une habitude, la sollicitude, des associés, un refrain, le meilleur et le pire, un livre corné, un paillasson, une fissure au plafond, une cave pleine à craquer, des copains, un cachemire mité, un compte commun, une punition, une routine, une vinaigrette ratée, du pain perdu, une lointaine promesse, une couverture, des voisins, des restes dans le frigo, un rafiot qui prend l'eau, une ampoule grillée, quelques regrets, une blague Carambar, des chaussettes dépareillées, une bagnole pleine de poques, des vélos rouillés, un tandem quand même, des colocs, des initiales sur un tronc d'arbre, deux clebs pelés, une addition salée, une histoire de Toto, un cadenas sur le pont des Arts, des compagnons, des cartons, des bols ébréchés, une cicatrice, un grand cru bouchonné, des jansénistes, une étiquette sur la boîte aux lettres, un sourd et une muette, une batterie déchargée, des galériens, des lunettes, deux signatures au bas d'un contrat, un rond de serviette, le bouffon et sa reine, une rengaine, une impasse, une famille, une bouillotte, des potes, deux pommes pourries, les deux doigts de la main, les mains dans les poches, des propriétaires, des partenaires, un disque rayé, des œufs brouillés, des moines, deux inséparables, des minables, une facture EDF, un garage, un mirage, des tatanes fatiguées, des gens qui se sont perdus de vue, les invités parfaits de Jacques Pradel, un long silence, le poulet du dimanche, le père et la mère des filles, des taches indélébiles, des taches tout court, les clés d'un trousseau, une photo passée, la passion à son degré zéro, un drôle de duo… Il n'en finit pas de se demander ce qu'ils sont désormais l'un et l'autre. L'un pour l'autre. Peut-être un peu tout cela à la fois.

Il a promis à Élodie qu'il se chargeait de trouver un restau sympa pour leur dîner de vendredi. Il a écumé Le Fooding puis finalement réservé quatre couverts dans un bouchon lyonnais du XIVe, rue Pernety. Au numéro 35, à 20 h 30. À peine avait-il envoyé l'adresse sur le fil WhatsApp familial que son téléphone bipait. Hémorragie de smileys. Roxane a dit qu'elle était dégoûtée de rater ça et exigé qu'on lui envoie des photos. Sa sœur l'a rassurée d'un OK, émojis cœur, fleur et pouce levé. Il a mis du parfum et se fout royalement de savoir si Isa trouve qu'il cocotte. Élodie remarque qu'il sent bon, le lui dit tout bas, en l'embrassant, juste après lui avoir présenté Léo. Le plan de table est vite trouvé : les filles sur la banquette et, comme on ne sépare pas les amoureux, il se retrouve face à Isa. Élodie rayonne, donne du Léo par-ci, du Léo par-là. C'est vrai qu'il a tout pour plaire ce garçon. Poli, beau, grand, intelligent, souriant, vocabulaire soigné et élocution parfaite. Peut-être un peu trop propre sur lui avec son pull col cheminée. En tout cas Isabelle a l'air ravi. Ravi de la crèche. Lui, en revanche, ne se sent pas bien. Faux accord dans la divine symphonie. La pointe plantée dans sa poitrine depuis le début du dîner l'empêche de respirer, et il ne sait pas, pas encore, ce n'est que plus tard qu'il parviendra à l'admettre : le sentiment de malaise qu'il ressent a quelque chose à voir avec la jalousie. Y ressemble en tout cas. De près ou de loin. Et plutôt de très près. Isabelle minaude. Jamais elle ne l'a autant horripilé que ce soir. Il ne peut s'empêcher de l'interrompre, lui coupe la parole dès qu'elle s'adresse à Léo, la contredit, contrarie Élodie et s'en veut. De lui s'écoule une agressivité nouvelle, une hargne dont il ne se serait pas cru capable. Et en lui gronde une colère sourde qu'il peine à étouffer. Il a soudain très mal au passé. Mal à en crever de voir ces amoureux se dévorer des yeux, se donner la becquée. Tu veux goûter, mon cœur ? Mon cœur mon amour mon amour mon cœur. Mots doux à chaque phrase, ça sourit entre deux bouchées, et ça se fait des mamours à table. Pas permis d'en pincer ainsi. Pince-moi je rêve. Cette mièvrerie l'écœure. Il en deviendrait méchant. Une fois le plat fini, Élodie annonce qu'elle va s'en griller une, Tu viens Léo ? mais ne propose pas à son père de les accompagner et il n'ose guère se joindre à eux. Pas de souci, on vous attend, les rassure Isa. Ah ça, c'est sûr qu'ils ne vont pas se barrer comme ça. La sainte-nitouche est aux anges. Elle se sent pousser des ailes et son auréole s'agite chaque fois qu'elle dodeline de la tête. Rage aux phalanges. Envie de la frapper.

Comme un boucher. Comme Moïse le rocher. Il pourrait la gifler. Vlan, zébrure cuisante sur ses joues à vif. Aller-retour bien mérité. Bats ta femme tous les matins, si tu ne sais pas pourquoi, elle, elle le sait. Il réussit à étrangler juste à temps le rire mauvais qui lui vient quand Isa attrape le menu et chausse ses lunettes de presbyte, mais sa main lui échappe, qui s'abat soudain sur la sienne. Piégée. Surprise, Isabelle le dévisage. Il affronte son regard et raffermit sa prise. Pauvre moineau entre ses griffes acérées. Voilà le bon chienchien transformé en molosse. Isabelle n'ose pas piauler, pourtant il sent ses doigts fins s'affoler, voleter comme des fous sous les siens pour tenter de se dégager. Puis soudain s'immobiliser. Revoici les tourtereaux. Léo s'extasie : C'est chouette de vous voir toujours si amoureux. Oh, merci, piaille Isa en posant sa main libre sur la sienne. La voilà qui joue la comédie du vieux couple soudé par les années. À la vie à la mort. À la mord, surtout. Avec lui dans le rôle du vampire assoiffé. Par ici, les baisers sangsuels. Et Léo de demander depuis combien de temps ils sont ensemble. Vingt-trois ans, figure-toi. Ah, et c'est les noces de quoi ça ? Les noces de beryl, caquette Isa. Mais comment elle sait ça ? Elle profite de son étonnement pour se libérer et préciser, tout en rajustant ses lunettes, qu'il s'agit d'un minéral, habituellement gris, mais qu'il existe des variétés d'autres couleurs, parfois plus connues, comme l'émeraude verte ou l'aigue-marine bleue. Ah, merci Haroun, pour cet exposé. Et les volcans éteints, on fait comment pour les rallumer ?

Il a toujours adoré cette scène d'amour ultra physique et pourtant platonique, rajoutée à la fin, une fois le film monté parce que les producteurs pensaient que la pépée apparaissait trop rarement à poil. Godard trouvait ça bidon. Mais il fallait que les spectateurs en aient pour leur pognon. Alors il s'est incliné. Et c'est ainsi que Piccoli s'est retrouvé au plumard avec le plus beau des boulards. Sur l'écran noir de ses nuits blanches, lui aussi se fait du cinéma. Autrefois Bardot pouvait partir en vacances, sa vedette à lui, c'était Isa. D'abord un gros plan sur ses hanches puis un travelling panorama sur sa poitrine grand format. Voilà comment commençait son film. Invariablement. Mais c'est fini tout ça. Maintenant c'est lui qui tient le rôle principal. Et pourquoi n'en aurait-il pas le droit ? #Luiaussi. À chacun son Mépris. Étendu sur son lit, il s'abîme dans les carreaux Ikea qu'il a collés pour Isa au scotch double face. Plus personne pour lui répondre, le rassurer. Plus personne pour l'aimer totalement, tendrement, tragiquement. Alors tant pis pour sa calvitie et ses bourrelets. Autant faire l'autruche, fermer les yeux sur cette chair inerte qui le débecte. De toute façon il a beau se redresser, rentrer le bide, sortir ses épaules, serrer les omoplates, rien n'y fait : son poitrail pend. Piteusement. Comme sa queue. Il découvre soudain que ses seins ont poussé. Stupeur. Que fait cet amas de graisse au niveau du tissu mammaire ? On pourrait le traire... Il déteste ce corps flasque qui fait le phoque, se vautre, l'encombre et le plombe. Il le hait terriblement. Tristement. Traîtreusement. Ne reconnaît plus ce gars avachi, cette grosse vache dégueulasse, bonne pour l'abattoir.

Il sent bien que le bout d'essai est terminé. Au dîner, Isabelle ne fait que râler. Rien ne va. Elle commence par critiquer l'omelette pas assez cuite, en jouant les étonnées : il le sait bien pourtant qu'elle ne l'a jamais aimée baveuse. À ce moment-là, il pense que c'est un juste retour des choses, un retour à l'équilibre peut-être même, car voilà des semaines pour ne pas dire des mois, voire des années, qu'elle lui en fait baver. Ce soir tout y passe : les clients désagréables, Internet et le terminal de paiement en panne, mais comment veut-on qu'elle travaille dans ces conditions ? Et puis sa mère qui a complètement perdu la mémoire, et Élodie qui ne trouve plus le moment de lui parler, même cinq minutes. Depuis qu'elle fréquente ce Léo, elle ne décroche jamais et ne la rappelle même pas en dépit de tous les messages qu'elle lui laisse – est-ce que l'amour rend aussi sourd et muet ? Mais ce qui l'agace le plus, c'est l'attitude de Roxane. Finalement elle préfère de loin le silence de l'aînée au je-m'en-foutisme de la cadette. Parce que la petite est bien trop speed, fait toujours autre chose en même temps quand elle l'appelle, son running ou son shopping, rentrant inopinément dans un taxi ou dans un magasin, interrompant sans prévenir la conversation, Hello, one cookie, please, la reprenant le temps que madame soit servie, On en était où déjà ? s'interrompant de nouveau, Yes, dark chocolate ! non mais c'est pas des façons, No this one ! finissant tout de même par s'excuser, Désolée, Mam's, deux secondes, je paie, puis s'engouffrant sans prévenir dans le métro, si bien que la dernière fois Isa a parlé un bon moment, trois minutes facile, avant de réaliser que sa fille n'était plus au bout du fil. Fil coupé ! Ça l'a mise hors d'elle, c'est rageant, insupportable, vraiment, de rester seule en ligne et de parler dans le vide. C'est au moment où elle dit ça que cela lui vient. Sa remarque l'ouvre soudain à la compréhension dont il avait besoin. Isa vient de lui faire prendre conscience du sentiment qui l'agite depuis un bon moment sans savoir l'exprimer. Voilà très exactement son problème à lui : sa femme, il a l'impression de l'aimer dans le vide. Un vide sidérant. Intersidéral.

Même s'il lui arrive encore de se cogner au vide comme un veuf, il a fini par trouver des avantages à dormir seul. Plus de lumière rallumée en pleine nuit pour qu'Isa puisse lire pendant ses insomnies. Plus de bataille de draps. Il peut enrouler ses pieds dans la couette sans qu'elle se relève en râlant pour la border de son côté. Il peut aussi fumer dans sa chambre et regarder ses séries sans mettre son casque. Mais surtout, il peut se branler au lit avec sa tablette. Royal. Plus besoin d'attendre qu'Isa s'endorme pour faire ça tard vite fait et sans le son, dans la salle de bains ou le salon. Il se connecte généralement sur YouPorn après sa série Netflix et se paie le luxe de faire monter l'excitation en multipliant les va-et-vient entre ses catégories favorites, Blondes, Orgies ou Gros culs. Il évite désormais les histoires de livreurs et autres scénarios éculés. Ses choix fluctuent selon les jours. Tout dépend de son humeur. En cas de déprime, rien de tel que Facial ou Anal pour se remonter le moral. Hier il a longtemps surfé entre Gros seins et MILF. Alors ce soir il s'offre une vidéo avec Kendra Sunderland, s'astique, s'astique et comme chaque fois avec elle, gicle très vite. C'est définitivement son actrice préférée. Un corps démoniaque, une chevelure jusqu'à la croupe, un cul, mais un cul… Un tatouage au creux des reins, une cambrure démentielle, des jambes interminables et des seins… À vous rendre dingue. Mais combien peuvent-ils mesurer ? 95 bonnet G, affirme Wikipédia qu'il n'avait encore jamais consulté à son sujet. Pas plus étonné que ça d'apprendre qu'elle s'est fait connaître en se masturbant devant sa caméra dans la bibliothèque de l'université d'Oregon. Culottée, la petite. Accusée d'indécence publique, elle aurait pu passer un an en prison, non mais t'imagines la gueule des matons ! Sa fiche précise qu'elle mesure 1,75 mètre pour 57 kilos et qu'elle est née le 16 juin 1995 à Salem (trois ans de plus seulement qu'Élodie, mais passons). Une publicité clignote juste à côté, sur laquelle il ne peut s'empêcher de cliquer. Comment résister ? Vêtue d'un affolant porte-jarretelles, la demoiselle vante les mérites d'un masturbateur masculin. Réplique absolument parfaite de son vagin. Un petit miracle modelé dans une texture unique baptisée angel. Tenté par cet ange tombé du ciel, il hésite pourtant. Peur de se faire gauler par Isa. Les précisions de la fiche technique achèvent pourtant de le décider. Léger (650 grammes avec boîtier), aussi facile à utiliser qu'à nettoyer et fabriqué en Europe pour ne rien gâcher, l'objet offre l'avantage d'être ultra discret. Le site garantit que la forme en lanterne du Fleshlight, c'est son nom, lui permet de passer totalement inaperçu. Fourni avec un échantillon de lubrifiant à base d'eau, il sera livré dans un emballage vert, sobre, sans aucune image. Aucun risque donc de se faire prendre la main dans le sac. Monogrammé, le sac, par-dessus le marché : signé Sunderland sur le silicone ! Il aurait vraiment tort de s'en priver. D'autant que cette petite merveille, aussi résistante qu'hygiénique, est immédiatement disponible. Et pour la modique somme de 63,64 euros. Isa serait folle de savoir qu'il commande sur Amazon. Ils offrent la livraison et proposent même de payer en quatre fois sans frais. Allez vendu. Il se lève pour récupérer sa CB dans la poche de son jean. Reste plus qu'à choisir le lieu de livraison. À domicile, trop risqué. Il opte pour le point relais le plus proche. Le colis sera là dans quatre ou cinq jours.

Lui qui n'a jamais rien fait, rien de rien, a décidé de se secouer. De se prendre en main. Son objectif est clair : se débarrasser de son embonpoint, retrouver un corps tonique et un moral d'acier, redevenir un mec bien. Dynamique, disons. Sa décision n'a rien à voir avec Isa. Il ne s'agit pas de lui plaire, ni de la reconquérir. Depuis que son parfum a fait pschitt, il a compris. Et puis son miroir lui a mis un coup de pied au cul, alors il va se le bouger et pour la première fois peut-être faire un truc rien que pour lui. Reste à définir quoi. Pas évident de pratiquer le sport à Paris. Il pense d'abord à la natation. Ce serait une option puisqu'ils n'habitent pas loin de la piscine

Blomet qui possède un bassin olympique. Il pourrait aller nager tôt le matin, avant de partir au boulot. Un bonnet et des claquettes Speedo, qui datent du temps où il emmenait les filles faire du toboggan à l'Aquaboulevard, traînent encore au fond de son placard. Parfait sur le papier. S'imaginer sauter à l'eau l'amuse, mais la simple idée de se retrouver boudiné dans un moule-bite lui fout les boules. Sans parler du passage sous la douche collective où tout le monde se mate de la tête aux pieds. Impossible de prédire dans quel état il sera, indépendamment du thermostat. Légèrement recroquevillé, ratatiné, ramolli, ça irait, mais s'il venait à durcir sous l'effet de ses pensées ? Imagine qu'il se mette à bander ! On le prendrait pour un obsédé ou pire pour le dernier des frustrés. Non, impensable. Ce qu'il faudrait, au moins pour commencer, c'est que personne ne le voie. L'idéal serait de se muscler depuis la maison. Mais oui, voilà. Sur l'Apple Store il tape *forme.* FizzUp, Fitness, FitCoach, Basic Fit, Fitbit, 8Fit. Embarras du choix ! Toujours la même promesse : abdos et pecs en béton en 5 ou 7 minutes d'exercices, c'est selon. Clic et profite. Il hésite. Opte finalement pour l'appli garantissant qu'il sera en forme dans trente jours. En forme de quoi ? C'est à lui de décider en fait. Car après avoir précisé sa taille (1,83 mètre) et son poids (92 kilos), après avoir rentré la fréquence de son entraînement (une à trois fois par semaine pour commencer ça suffira), après avoir décrit sa corpulence (forte, soyons honnête) puis sa masse graisseuse actuelle (il coche finalement la tranche 34 à 39 %), après tout ça vient ensuite le moment de décider, photo à l'appui, à qui il veut ressembler. Plusieurs catégories le font rêver. Mais inutile de fantasmer. Les trois premières (4-9 %, 9-14 %, 14-19 %) s'avèrent foncièrement inatteignables. D'ailleurs il peine à percevoir les différences entre chacune d'elles. Chaque fois le mec a un corps parfait, tablettes dessinées et pectoraux bandés. S'il coche la catégorie juste en dessous de celle qui est actuellement la sienne (29-34 %), il aura perdu ses seins de vache à lait, mais pas sa brioche. Alors autant déguster et s'alléger pour de bon. Entre 24 et 29 % de masse corporelle, il serait nickel. Plus de gros bide ni de mamelle. La balance affichera 84 kilos. C'est ce que l'appli lui promet. Pour y arriver, il lui faudra s'astreindre à un programme de 14 minutes qui le délestera de 210 calories par jour. Au menu : 10 fentes avant, 10 pompes, 10 grimpeurs (genoux à ramener au coude opposé), 10 croix de fer (à réaliser genoux fléchis, il imagine l'enfer) et enfin 10 rotations russes (assis par terre, torse en arrière). À renouveler trois fois, en les effectuant aussi vite que possible. Heureusement des vidéos donnent des précisions parce que tout ça pour lui, c'est du chinois. Il s'engage, promis juré, à se plier à ces exercices le matin, une fois Isa partie à la librairie. Se félicite, tope là, d'avoir pris cette décision.

Votre colis Chronopost est arrivé à PRESSING LILY VAUGIRARD, 181 RUE DE VAUGIRARD

PARIS. Présentez votre CNI et ce pass pkup.fr. Quand son téléphone s'allume pendant sa réunion, c'en est fini de sa concentration. Le pressing ferme à 19 h 30. S'il veut récupérer la vaginette ce soir, il faut qu'il soit parti du bureau à 18 h 30. 18 h 40 dernier carat. C'est-à-dire dans cinquante minutes maxi. Il n'a jamais regardé l'heure autant de fois en si peu de temps. Les minutes s'égrainent avec une lenteur insupportable. Pour une fois que l'équipe est réunie au grand complet en présentiel, le boss ne se presse pas. Il est 18 h 38 quand il souhaite enfin un bon week-end à tous. Vite plier l'ordi, vite enfiler sa doudoune. Éric se moque de sa hâte : sacrément pressé de retrouver Madame ! S'il savait... Le métro file sans problème sur la ligne 13. Pour une fois, pas d'interruption de trafic ni d'incident voyageur. Changement à Montparnasse pour prendre la 6, long couloir, course sur le tapis roulant, enfin Pasteur ! Il est 19 h 27 quand il ressort du pressing, son paquet sous le bras. Hyper volumineux, le paquet. La voisine du sixième avec laquelle il monte dans l'ascenseur le lui fait d'ailleurs remarquer : Bien chargé, dites-moi ! Non, il ne va pas lui dire. La tête qu'elle ferait si elle savait ce que contient la boîte. Bonne soirée ! Elle va être bonne, t'inquiète. Une envie de se marrer lui vient en sortant de la cabine. Que calme instantanément la musique qui résonne dans l'appartement. Putain Isa est déjà là ! À peine le temps de glisser le carton sous son lit que la voilà qui déboule dans le salon. Ce soir je sors avec Béné, tu sais. Non, il avait oublié, mais cela tombe on ne peut mieux. Son programme est tout trouvé.

Il paraît qu'il existe des poupées robotisées ultraréalistes. Qui parlent, sourient et s'exécutent sans broncher. Avec des cheveux et plusieurs orifices amovibles ou intégrés. Il devrait y songer pour un prochain achat. S'il avait le choix, il en commanderait une à l'effigie d'Isa, enverrait une photo au fabricant pour s'assurer que la ressemblance soit parfaite. Et surtout n'oubliez pas le grain de beauté à droite de son nez. Et aussi celui au creux de ses cuisses. Et veillez, s'il vous plaît, à bien reproduire la finesse de ses lèvres et la forme conique de son clitoris. Seul hic : pas d'endroit où planquer la poupée. Dieu sait qu'Isabelle s'en plaint, tous les placards sont déjà pleins. Au moins avec la vaginette, pas de problème de rangement. Un si gros carton et autant de papier bulle pour une si petite boîte, faut le faire. Il calme sa hâte. Toujours lire la notice avant utilisation. Pas de quoi culpabiliser : ce masturbateur fait soi-disant la joie de treize millions d'utilisateurs. Bénis soient ces galériens, tous sur le même bateau, rame à la main. Il se sent soudain entouré, compris. Ragaillardi. Le mode d'emploi ne précise pas de nettoyer la vaginette avant sa première utilisation, mais il la rince tout de même à l'eau chaude en pensant à Isa qui lave toujours les serviettes de toilette neuves afin que l'éponge soit plus douce et plus absorbante. De la douceur et de l'absorption : voilà exactement ce dont il a besoin. Il ferme la porte de sa chambre, sait-on jamais si Isabelle rentrait, enlève son jean, son caleçon et glisse sa teub dans le vagin de Kendra. Son simili, pardon. Impression de pénétrer une espèce non identifiée. Sensation de se faire gober le bout. S'encastrer dans un truc pareil, sans déconner... Ah ça, pour être à l'étroit. Les stries de l'appareil épousent parfaitement le gland. Gland, frein, verge : aucune partie du pénis n'est oubliée. Stimulation totale. Côté efficacité, le fabricant n'a pas menti. Il bande comme un âne. Ce n'est pas tout à fait l'extase promise par Amazon, mais il a choisi sur YouPorn une vidéo avec Kendra, et force est de reconnaître que ça fait le job. La regarder se faire prendre par-derrière en se branlant au même rythme dans sa chatte, c'est quand même pas mal. Double combo, dirait Seb. D'autant que sa connaissance parfaite de la scène lui permet de retarder son éjaculation et de ne jouir dans la vaginette qu'à l'instant précis où Kendra s'en prend plein la figure. Illusion parfaite. Rien à redire. Testé et approuvé. Ainsi vient-il grossir les rangs des consommateurs satisfaits. Et puis l'autre avantage, outre les facilités d'usage, c'est le nettoyage. Sous le robinet, juste un petit jet et hop, Fleshlight tout propre. Prêt à recommencer.

Encore trois tours. Cours, Forrest, cours ! Il a dû voir le film dix fois avec les filles, alors il court, il court, le furet, le furet du bois mesdames, il court, il court, le furet, le furet du bois joli. Il est passé par ici, il repassera par là. Il court, il court, le furet, et c'est pas joli joli. Pas encore. Mais ça va déjà mieux. Et promis, bientôt il sera un dieu. L'Achille de l'*Iliade*, le garçon au pied léger. Pour le moment, gros sabots. Trois semaines qu'il s'astreint à sa gym chaque matin en soufflant comme un bœuf. Il commence à voir doucement la différence dans le miroir. Si Isa n'a encore rien remarqué, Éric l'a vue. Il le lui a dit quand il l'a croisé à la machine à café. Sifflement admiratif pendant que le gobelet se remplissait : Mais dis donc, toi, t'as maigri. Sourire de fierté. Il en a convenu, Oui, un peu minci. Il a la dalle, mais ça vaut le coup. Et de raconter le croissant du matin, le pain, le fromage, les desserts qu'il a supprimés et enfin l'appli qui a fait de lui un mec fité. Félicité et coaché par Éric. C'est lui qui lui a conseillé de courir pour accélérer la perte de poids. Il s'y connaît, Éric. Quand il ne bosse pas au service informatique, il entraîne une équipe. Trois fois par semaine, au stade Suffren. Tu sais, celui situé au pied de la tour Eiffel, juste à côté du centre culturel japonais, entre la Seine et Bir-Hakeim. Ah oui ! Bon pote, Éric lui a proposé de les retrouver. Au moins le jeudi pour commencer. Mais il a décliné, Non merci, pas pour lui les entraînements. Y a des jolis petits culs moulés dans leur lycra. Ben justement ! En revanche il a suivi la consigne. Et c'est ainsi qu'il se retrouve à longer les rails de la coulée verte jusqu'à Balard avant d'enchaîner trois tours de parc. Pas si mal. Cinq kilomètres au total, indique la montre qu'il s'est offerte pour l'occasion. Une Garmin rouge ultra connectée. Besoin de rien pour courir. Pas de licence, pas de pognon, ni habileté, ni talent particulier. Juste deux jambes et deux pieds qu'il a équipés. Il s'est payé des Puma. Parfaites pour la course et adaptées à toutes les foulées, lui a précisé le vendeur en lui jurant qu'il allait affoler les compteurs. Il n'en est pas à battre tous les records. Pas encore. Pour l'heure il se fait doubler par des filles et ça l'agace. Il ne peut s'empêcher de se demander si c'est un problème de chrono ou de macho. Gros point de côté. Il crache ses poumons et ses clopes. Éric lui a suggéré d'arrêter de fumer, mais chaque chose en son temps. Pour commencer, il court. Paraît que la clé, c'est le souffle. Comme au yoga finalement. Inspire, expire. Respire. Et transpire. Il a beau ne pas avoir choisi la piscine, il est en nage. Jamais il n'aurait imaginé perdre les eaux un jour. La peur qu'il avait eue, la première fois qu'il avait entendu Isa utiliser cette expression, au beau milieu des contractions qui lui arrachaient des hurlements. Il s'était imaginé qu'elle allait perdre ses os et se figurer sa carcasse vide l'avait suffoqué. Pour l'heure c'est lui qui coule de partout. Du cou au cul. Trempé jusqu'à la raie. Il a les bonbons qui collent au papier, et qu'est-ce qu'il pue sous les aisselles. Ça ruisselle, ça ruisselle. Il dégouline tant qu'il peut dans le T-shirt pourtant censé favoriser la thermorégulation qu'il a acheté chez Decathlon. Il n'a pas fait les choses à moitié. A aussi investi dans des barres énergétiques et de l'Isostar, mais dans ses rêves, la star. Joggeur en carton plutôt. Il sent la chaleur mordre ses mollets et ses seins s'agiter, swinguer à chaque foulée. Une vache qui bouffe du bitume, suinte par tous les pores, ahane comme un porc. Pas beau à voir. Il se rêvait dur, ferme, nerveux. Ben pour les muscles bandés, faudra repasser. Il est moins gros plein de soupe mais reste soupe-au-lait. Son humeur varie au gré de la balance. Il en chie. Avale les kilomètres dans l'espoir de perdre quelques kilos et n'a jamais eu aussi faim. Se muscler creuse dans tous les sens du terme. Triceps, trapèze, ischio-jambier : chacun de ses muscles tire et le tend. Courbatures de la pointe des pieds à la nuque. Ses jambes ankylosées s'en moquent, aspirent l'asphalte inlassablement. Dingo, maso, mais réglo. Il applique à la lettre les conseils d'Éric. S'efforce d'accélérer et tente de prendre de court sa douleur, la double pour mieux la narguer. Il y a du plaisir à meurtrir ce corps, à l'éprouver. Le voir lutter, gronder, ployer, c'est se sentir vivant. Cela faisait tellement longtemps que cela ne lui était pas arrivé. Alors il snobe sa fatigue, s'applique à courir le plus rapidement possible, puis ralentit et accélère de nouveau. Il ne se demande plus quel est l'intérêt de ce qu'Éric appelle le fractionné. Maintenant il sait. La réponse de son pote lui a plu. Éric a dit que ces ruptures de rythme servaient à se faire un cœur. Et Dieu sait qu'il en a bien besoin. De l'endurcir et de l'empierrer, son cœur.

C'est peut-être la première fois qu'il les regarde, qu'il les regarde vraiment. Il ne leur a jamais accordé la moindre attention. D'habitude, c'est les filles qu'il mate dans le métro. Mais ce matin, il les voit. Debout, serrés, écrasés, le visage levé pour ne pas respirer les voisins, leurs cheveux, leur veste, leurs dessous de bras qui puent déjà à 9 heures du mat', ou alors assis, recroquevillés sur ces strapontins qu'ils s'entêtent à garder, pauvres chasseurs fiers de leur prise, alors que ça entre encore, avance, recule, s'extirpe en poussant, alors que ça râle, compresse, comprime, pousse, pousse encore ; et puis les plus chanceux, confortablement installés dans les carrés, cuisses et jambes crânement écartées dans cette position que l'on désigne encore par un mot anglais, *manspreading* lui a dit Élodie. Des hommes de toutes les générations et de tous les milieux, riches ou gueux. Des beaux gosses, des moches, des jeunes, des vieux, des gros, des demi-portions, des planqués, des barbus, des rasés, des impuissants, des frustrés, des bedonnants, des qui bandent mou, des mal baisés, des imbaisables, des tarés. Il les voit, ces abstinents anonymes, Boby, Popaul, Robert ou Zani, ces pauvres types qui comme lui en crèvent de n'être plus touchés. Des semblables, des frères ! Tête de Droopy, cernes sous les yeux, visage rougi, ongles rongés, peau à vif, tremblement des cuisses. Et bout en berne. Il les reconnaît. En eux aussi, tout dit le manque. Plus de place pour eux ni pour lui dans ce monde de mecs durs comme du bois, qui se font sucer le crayon, tringlent à tout-va, se vantent de faire grimper leur partenaire aux rideaux et de la voir jouir illico presto.

Un prolo de la masculinité, voilà ce qu'il est. Ce qu'ils sont tous. Des prolos condamnés à s'astiquer dans les chiottes du bureau, bons à bannir du monde de la virilité #balancetabite. Alors pourquoi se taire ? Tous ces obsédés, ces exclus du grand marché à la bonne baise qui, comme lui, se sentent opprimés par cette tyrannie de la tumescence, ce sacre de la bandaison, abandonnés et stigmatisés dans cette société hypersexualisée qui fait du coït une obligation, tous ensemble ils pourraient entonner ce qui ressemblerait à une étrange confession : « La sottise, l'erreur, le péché, la lésine, Occupent nos esprits et travaillent nos corps, Et nous alimentons nos aimables remords, Comme les mendiants nourrissent leur vermine. » Le poème prendrait des airs de prière : « Nos péchés sont têtus, nos repentirs sont lâches ; Nous nous faisons payer grassement nos aveux, Et nous rentrons gaiement dans le chemin bourbeux, Croyant par de vils pleurs laver toutes nos taches. » Ce serait une manière pour eux de communier, de s'entraider, Solidarité ! de s'encourager, Allez mec, tiens bon, et puis aussi de demander l'absolution, Pardon, pardon de ne penser qu'à ça.

À la station La Fourche où il descend, une affiche hurle en quatre par trois et en lettres capitales que LE PORNO N'EST PAS LA NORME. Un exutoire alors ? C'est signé d'un D qui veut dire Durex, mais le laisse dubitatif et lui fait plutôt penser à Dépit Dommage Débandade. Et si se masturber avec un équipement lui avait fait perdre son titre d'abstinent ? D'un coup il se demande s'il existe une réelle différence entre la chasteté et l'abstinence. Alors il suit le conseil que lui donnait autrefois son père, consulte le dictionnaire, se connecte sur Larousse.fr. Les deux mots ont un point commun, qui n'étonnera personne : leur genre féminin. Le site du Larousse donne de l'abstinence une première définition assez claire, dans laquelle il se reconnaît même s'il n'est en rien la cause de l'empêchement. *Action de s'interdire certains plaisirs, en particulier les plaisirs sexuels.* La deuxième signification le concerne également. *Disposition disciplinaire interdisant, dans un but de pénitence, l'absorption de certains aliments, en particulier des aliments carnés, pendant certains jours de l'année.* Manque de chair en effet. Il est bien ce pénitent à l'aspect misérable, silhouette affaissée, regard vissé au trottoir, robe de bure, ceinture et bite encapuchonnée. Isa voudrait-elle le punir ? Qu'a-t-il fait de si mal pour mériter semblable châtiment ? La troisième acception du mot le propulse dans une autre dimension. *Terme utilisé par certains économistes du XIX*^e^ *siècle pour désigner le phénomène d'épargne qui est une abstention de consommation délibérée.* Il n'a jamais pensé pouvoir faire des économies grâce à l'abstinence. Il y a quelque temps, en revanche, il avait fait le calcul avec Isabelle à l'occasion d'une énième augmentation du prix du tabac. À raison d'un paquet par jour, sa consommation de cigarettes lui revenait en moyenne à 70 euros la semaine. Soit à

3 640 euros par an. Il n'avait pas terminé de compter qu'Isa déduisait déjà que s'il arrêtait il pourrait l'emmener aux Maldives. Peut-être pas dans un cinq-étoiles, mais aux Maldives quand même. Est-ce qu'il pourrait faire de même, chiffrer ce qu'il gagne en ne baisant plus ? Déduction faite de la vaginette évidemment. Ben non, c'est vite vu : il ne gagne rien. Encore s'ils avaient utilisé des capotes, il pourrait faire la même opération qu'avec les clopes. Se dire qu'à dix balles la boîte de dix-huit Durex et à raison d'un rapport sexuel par semaine, il épargnerait trente euros par an. La belle affaire ! Mais il n'a quasiment jamais mis de préservatif avec Isa. Bref, aucun intérêt pécuniaire à laisser sa perche au vestiaire. Au rayon des expressions, le Larousse indique le sens de l'abstinence périodique : *Méthode contraceptive faisant appel à l'abstinence sexuelle durant la période de fécondité de la femme*. Pas concernés. Isa a parfois oublié de prendre sa pilule, mais ne risque plus grand-chose à l'heure de la ménopause. Bouffées de chaleur et suées de jour comme de nuit. Il l'a aidée plusieurs fois à changer les draps trempés. Du côté des synonymes, c'est carrément la déprime. En deux mots : *diète* et *jeûne*. Oui, c'est tout à fait ça, régime sans sperme. À l'eau et au pénis sec. Dans la barre de recherche, il efface *abstinence* et tape *chasteté*. Le point est plus vite fait. Premièrement : *Fait de s'abstenir des plaisirs sexuels, jugés illicites ; vertu des personnes chastes*. Le voilà donc vertueux sans en avoir fait le vœu. Deuxièmement : *Caractère de ce qui est chaste,*

pudique – La chasteté d'un vêtement. Son vieux 501 n'a effectivement plus rien à se reprocher. Le dictionnaire se montre moins lapidaire concernant les contraires. Concupiscence - débauche - dépravation - impureté - vice - lascivité - libertinage - licence - lubricité - sensualité - stupre - luxure : tout ce dans quoi il rêvait de se vautrer il y a un mois encore. Et tout en bas de la page, il trouve cette citation de Mahomet : « Celui qui reste chaste et meurt d'amour meurt martyr. » On ne saurait donner meilleure définition de lui.

Son calvaire continue. Son visage se creuse et son cœur peut-être aussi. Il a perdu ses bajoues, perdu sa bedaine d'une façon si nette, si soudaine qu'Isa a bien fini par se rendre compte qu'il avait maigri sans préciser pour autant qu'elle le trouvait plus à son goût. Après quoi tu cours ? lui a demandé l'autre jour Olivier, amusé de le croiser en tenue de sport dans le quartier. Sa question l'a laissé sans voix. Éric court après le temps, Nico après l'argent, Philippe après sa jeunesse, Seb après les filles. Et lui ? Bonne question. Il n'en sait rien. Il ne court pas après les honneurs. Mais peut-être après les regrets. Après tout ce qu'il a perdu et que sans doute il ne retrouvera plus. Il court après ses tête-à-tête avec Isa, il court après leurs caresses, leurs fous rires, leur connivence, leurs confidences et même après leurs engueulades. S'envoyer à la figure des mots, des verres d'eau, des épluchures, tout vaudrait mieux que cette amertume qui les meurtrit et les éloigne. Il pourrait s'arrêter maintenant qu'il a gagné son pari. Il s'est presque affolé quand la balance a affiché 84 kilos. Affiné, affûté, affermi. Trente jours pile poil après avoir téléchargé l'appli. Elle n'a donc pas menti. Envolée, la grosse vache. Il n'y aurait rien d'affligeant à cesser de s'infliger tout ça. Alors pourquoi continue-t-il à fléchir, à courir, à gainer, à grimper, à se contorsionner ? Parce que l'effort anesthésie sa douleur. Sa frustration fond dans les foulées, sa libido se dilue dans la sueur et la sueur javellise son désir. Quand il en bave, quand il fait tous ces abdos, toutes ces fentes, tous ces fractionnés, il s'oublie, ne s'appartient plus vraiment. C'est une vacance. De lui autant que d'elle. Il n'a plus le vice vissé au corps et pourrait presque apprendre l'art d'aimer sans espérance. Quand son corps plie, ses pensées se déplient, se déploient. Son cerveau se met en mode avion. Il plane, cesse de tourner en boucle, de chercher des explications. Mais pourquoi accepte-t-il tout ça ? Est-ce que jamais rien ne changera ? Courir lui donne de l'élan et du recul. Son cours de latin lui revient : exit le cogito ! Curro ergo sum. Tout se dénoue. Ses foulées lui apportent des réponses aux questions difficiles. Mouvement, vitesse, précipité de pensées. Il a gagné en verticalité, en souplesse physique et intellectuelle. Chevilles, genoux et esprit déliés. Il n'a pas diminué la clope, le paquet continue d'y passer chaque jour. Mais bizarrement à force de haleter il a fini par trouver son souffle. Footing, jogging, running, peu importe l'anglicisme, le voilà sauvé. Moins gros, moins stressé. Plus zen. Presque serein. Détaché du moins. Il flotte dans son fute. Et comme Isa lui a toujours interdit de porter des pantalons de survet', il l'enfile avec un plaisir coupable.

C'est à croire qu'ils se sont mis d'accord avant d'entrer pour le passer au gril pendant le dîner. Philippe ne le lâche pas et, tout en servant les copains, annonce qu'il n'aura à boire qu'à condition de révéler son secret. Ce secret-là n'en est pas un. D'ailleurs Olivier est déjà au courant. Alors il raconte les baskets qu'il a achetées, la course, l'appli qu'il a téléchargée, la promesse tenue de perdre huit kilos, les exercices auxquels il continue de se plier consciencieusement chaque matin avant de partir au bureau et qu'il faut enchaîner jusqu'à trois fois par série de dix. Il ne triche pas. Il ne tait ni les courbatures ni la transpiration. Il admet qu'il a mis quelques séances avant de réussir à faire les séries complètes, évoque les fentes, les pompes, les grimpeurs, les croix de fer genoux fléchis et les rotations russes. Seb se marre, glisse que les Russes ça le connaît et veut savoir à quoi ressemblent ces rotations d'un genre particulier. Alors il détaille le plus sérieusement possible les mouvements à effectuer pour renforcer la sangle abdominale et notamment les muscles obliques externes. Il décrit la position assise, le buste penché en arrière à 45°, les pieds légèrement décollés du sol et la difficulté qu'il y a, ainsi installé, à amener les mains de part et d'autre des hanches. Les potes l'écoutent, visiblement impressionnés. Philippe dit qu'il ferait bien d'en prendre de la graine et de s'y mettre lui aussi. Nico décrète qu'il faut toujours juger sur pièce et pour vérifier l'efficacité de cette discipline de fer le pince sur le côté. Mais c'est vrai, qu'il est bien gaulé ! T'as perdu ton bourrelet ! Il se fait chambrer parce qu'il prend du poisson alors que les quatre autres commandent tartares et bavettes sauce béarnaise. Leurs compliments lui font plaisir, il doit bien en convenir, mais il se sent soulagé quand la conversation dévie sur le week-end. Il n'y a qu'Olivier, de garde à la pharmacie, qui n'a rien de prévu. Son tour arrive, il ne veut pas trop mentir alors il avance qu'Isa bossera aussi samedi. Ça passe. C'est au moment où Seb se penche vers lui pour ramasser sa serviette tombée par terre que les choses dégénèrent. Mais dis donc, en plus tu sens bon, t'as décidé de draguer, mon salaud ! Les gars, regardez-moi ce nouveau look. Et Seb de se lever pour mieux le voir. Et Philippe de le charrier sur sa tenue : jolie chemise, slim fit en plus. Ces exclamations le hérissent alors qu'elles n'ont absolument rien de méchant. Il sent que ça va partir en vrille. Et ça part. Allez, dis-le-nous, t'as quelqu'un ? lance Sébastien. Mais oui, bien sûr, t'as raison, s'exclame Nico, la voilà l'explication, la raison soudaine de tous ces changements. Il fait le dos rond, attend que les copains se lassent mais ils ne se lassent pas. C'est vrai que t'as une super mine par-dessus le marché. Et des sacrés biceps ! Philippe siffle à présent, lui attrape le bras pour tâter ses muscles et demande à voir ses tablettes. Allez, soulève ta chemise ! Il ne va jamais s'en sortir. Olivier tente plusieurs fois de les calmer, Bon, ça va, foutez-lui la paix, mais rien n'y fait. Il n'aurait pas dû s'habiller avec autant de soin, pourtant c'est vrai qu'il a pris plaisir à s'acheter quelques fringues et à remettre ce jean dans lequel il ne rentrait plus depuis cinq ans si ce n'est dix. Son silence les rend dingues. Attise leurs sarcasmes. Qui ne dit mot consent ! Allez, avoue que t'as rencontré une nana. Les voilà déchaînés. La plaisanterie tourne à la raillerie. Ils font totalement fausse route, mais au fond il s'en fout. Préfère les laisser s'imaginer qu'il trompe Isa, plutôt que d'avouer qu'il ne la touche plus. Et comment s'appelle-t-elle ? s'enquiert Seb. Mais qui te dit qu'il n'en a qu'une ? persifle Philippe au moment où débarque le serveur avec une deuxième bouteille de sancerre. Qui la goûte, celle-là ? Moi, répond Seb en s'empressant de tendre son verre. Allez les gars, trinquons à notre bourreau des cœurs ! Tu parles. S'ils savaient… Qu'il est de son cœur le vampire – Un de ces grands abandonnés Au rire éternel condamnés, Et qui ne peuvent plus sourire.

L'amour vaut-il qu'il soit cocu ?
C'est une terrible question,
À laquelle personne ne répond.
Mais que Boris Vian formule joliment dans une chanson.
Il lui arrivait de la fredonner quand les filles étaient petites.
Sans imaginer un instant qu'il se la poserait un jour.

Aller voir ailleurs, comme on dit.
Mais aller voir où ?
Aller voir quoi ?
Aller voir qui ?

Cher UneBelleJambe,

Je suis Stéphanie, chargée des relations entre nos membres.

Je suis là pour vous accompagner sur le site afin de faciliter vos rencontres et améliorer votre expérience.

Je vous encourage donc à me contacter directement par e-mail si vous avez la moindre question ou remarque, je me ferai un plaisir de vous guider.

À très vite,

Stéphanie Buquer

Chargée des relations membres – Gleeden

stephanie@gleeden.com – Gleeden

Il s'attendait à tout sauf à trouver dans sa boîte un message de ce genre-là. Il s'est inscrit hier soir. La demi-bouteille de rhum qu'il a sifflée avant d'aller se coucher ne l'a heureusement pas empêché de garder la tête froide et les idées claires. Il était sur le point de télécharger Tinder, avait déjà posé son index sur le bouton de son téléphone pour installer l'appli avec

Touch ID, quand il s'est souvenu in extremis que c'était la meilleure chose à faire pour être pris en flagrant délit par sa fille et par Nico. Connerie au carré. Aucune envie de prendre le risque de tomber sur eux même si Élodie a dû se déconnecter depuis qu'elle a rencontré son Léo et qu'il semble a priori impossible d'être démasqué avec l'identifiant qu'il s'est choisi. Il a donc rejoint le leader de la rencontre entre personnes mariées ou en couple. « Le premier site de rencontre extraconjugale pensé par des femmes. » Il se demande ce que cela change qu'il soit sorti de cerveaux féminins. Mais l'argument, mis en avant sur la page d'accueil, doit sûrement faire la différence et donner envie aux membres de croquer la pomme. Rouge, la pomme. En la voyant s'afficher sur son écran, il a pensé à celle de la sorcière dans *Blanche-Neige* qui effrayait tant les filles puis s'est souvenu de ce jour où Isa avait saboté leur cours de catéchisme. Il les revoit toutes les deux, assises dans la cuisine, attendant que leur mère termine d'éplucher les quartiers, l'écoutant, éberluées, leur expliquer qu'il ne fallait pas croire tout ce que leur racontaient l'Abbé Soutet et les dames caté : l'Éden, le paradis perdu, le serpent et le fruit défendu, tout ça c'est du bla-bla, des histoires inventées il y a des milliards d'années pour faire porter le chapeau aux femmes comme d'habitude. Pourquoi est-ce que tout serait de la faute d'Ève ? Si tant est qu'il ait existé, Adam a très bien pu croquer la pomme tout seul comme un grand et même la manger jusqu'au trognon. Lui aussi s'est laissé tenter. Il l'a fait.

S'est inscrit. Identifiant, Pays, Je suis un Homme, Je cherche une Femme, Ville, Date de naissance, Votre mot de passe, Confirmez votre mot de passe, Adresse e-mail, J'ai lu et j'accepte les conditions d'utilisation, J'ai lu et j'accepte la politique de protection de la vie privée : remplir et cocher toutes ces cases ne lui a guère pris plus de trois minutes. Mais il n'a pas renseigné son profil en entier et a un peu triché en se rajeunissant très légèrement, de trois ans, histoire de ne pas dépasser le seuil psychologique des cinquante ans. Il a aussi préféré ne pas activer les notifications de l'application et ne pas mettre de photo, ce qui en dit assez long sur son degré de motivation. Pour l'heure, il n'est donc qu'une silhouette lambda, une tête noire posée sur un buste vêtu d'une chemise blanche et d'un costard-cravate, noirs eux aussi. Un quinqua, qui vit en Île-de-France, à Paris. Autant dire qu'il n'est personne. Bizarrement cela ne nuit pas à la curiosité. Elles sont trois à l'avoir déjà *visité*. Petitbout78 38 ans Guyancourt/Île-de-France Hétérosexuel(le) Sagittaire. Détails : Silhouette Normale Cheveux Brun/châtain et yeux bleus comme en atteste la photo de son profil sur laquelle elle arbore un large sourire qui découvre de grandes dents. Une dizaine de bulles grises apparaissent en dessous de Ma personnalité. Elle est Actif(ve) Ambitieux(se) Décontracté(e) Entreprenant(e) Drôle Généreux(se) Bavard(e) Honnête Joyeux(se) Sociable Ouvert(e) d'esprit. Elle a aussi pas mal détaillé ses hobbies : Boîte de nuit/Danser Balades Cuisiner Faire de nouvelles rencontres Restaurant/

Recevoir à dîner Déguster du vin/des plats Films/ Cinéma Théâtre/Spectacles Musées/Galeries Musique/ Concerts Shopping/Antiquaires Voyages/Tourisme. De quoi vous épuiser un homme. Personnellement, il n'en demande pas tant. Mais la seule chose qui l'intéresse n'est malheureusement pas renseignée. Préférences sexuelles : C'est privé, je ne dirai rien. Idem pour ses revenus, mais ça, il s'en fout. De toute façon, Petitbout78 recherche une relation longue. Pas pour lui. À la suivante ! Sensuelle75017 49 ans Divorcé(e) Paris/Île-de-France 1,65 m Hétérosexuel(le) Dirigeant/ cadre supérieur Balance. Dans le miroir de son salon se reflètent un canapé beige et une courte robe noire en dentelle d'où s'échappent deux cuisses laiteuses qui ne demandent qu'à se décroiser. Sensuelle75017 cherche le grand amour, pas évident à trouver ici, alors en attendant elle a décidé de s'amuser. Mince, elle avoue une préférence pour les hommes grands avec des cheveux, ce qu'il comprend très bien même s'il perd les siens. En revanche quand elle prévient qu'elle ne s'attardera pas sur ceux qui vivent en couple, là il ne la comprend plus. Le site n'est-il pas justement dédié aux relations extraconjugales ? Laisse tomber. Nadiahibiscus Enghien/Île-de-France 41 ans Marié(e) Hétérosexuel(le) Gémeaux (comme lui !) Dernière activité Il y a 1 minute. Enfant(s) Oui. Fumeur Non. Ethnie Européenne. Côté silhouette, elle admet de Petites rondeurs. Yeux Marron. Cheveux Moyen Blond. Si son orthographe laisse à désirer, elle a le mérite d'annoncer la couleur : Je suis ici car je veu rencontré une personne qui sera un amant ou un ami, ou les deux. Je ne suis pas une nounou ni un ehpad. Il en déduit qu'elle a de l'humour ou de la clairvoyance, ou les deux. Elle aimerait un homme de son âge, ou dans la cinquantaine voire la soixantaine (ce qui lui laisse toutes ses chances en dépit des trois ans qu'il a passés sous silence). Ce qu'elle cherche ? Apprendre/Échanger Bonne compagnie Complicité. Quant à ses préférences sexuelles : Sexe conventionnel. Ça lui va. Elle est Ouvert(e) à tout, ne demande pas la lune. Ni la mer à boire. Juste la conversation et la convivialité, sans prise de tête. Elle veut discuter sans tabou et met carte sur table : Je ne suis pas Pamela Anderson. La sauveteuse d'*Alerte à Malibu* lui apparaît soudain avec sa chevelure de tigresse et son sourire ravageur, moulée dans son maillot de bain une pièce rouge, hyper échancré, où éclatent deux obus ; et même s'il n'envisage pas encore à cet instant-là de contacter Nadiahibiscus, il ne peut s'empêcher de regretter qu'elle ne lui ressemble pas. Elle se présente comme une femme spontanée, pas compliquée et affirme aimer la simplicité. Elle a glissé trois photos dans son album, sur lequel il clique. En vain. Privé. Verrouillé par un cadenas dont il n'a pas la clé. Il suffit d'acheter un crédit pour effectuer une demande d'ouverture. Mais il n'ose pas. Petit joueur. C'est vrai qu'il joue. Au mec libéré. Peut-être aussi à se faire peur.

L'outil aura finalement très peu servi.
Il a dû l'utiliser trois fois à tout casser.
Bien que brevetée, la texture lui irrite la bite.
Si bien que la vaginette repose à côté des bandelettes.
Au fond de son placard, à l'abri des regards.
De celui d'Isa surtout.
La honte à l'idée qu'elle puisse la trouver.
Il ferait mieux de la jeter.
De toute façon il n'arrivera jamais à la rentabiliser.
Calcul vite fait : 63 euros l'acquisition,
À raison de trois utilisations,
Ça fait cher la branlette.

Il n'avait pas prévu de se reconnecter si vite. Et encore moins pendant la journée. Mais il consulte régulièrement sa messagerie perso quand il est au bureau, vient d'y découvrir un mail envoyé par Gleeden et n'a bien sûr pas résisté à l'envie de l'ouvrir. Bonjour UneBelleJambe, Vous attirez les regards ! Mado vient de se rendre sur votre profil, alors découvrez le sien sans plus attendre en vous rendant dans la rubrique Mes visiteurs de votre Espace de contacts. Il fait très exactement ce qu'on lui dit. Mado Paris/Île-de-France/France a coché trois bulles grises sous son lieu de résidence : 52 ans Hétérosexuel(le) Vierge. Stupeur. Comment est-ce possible de nos jours ? À cinquante balais passés en plus ? Puis d'un coup il comprend, prend conscience de l'ampleur du malentendu : Vierge fait référence à son signe astrologique et pas à son hymen qu'elle a sans doute perdu depuis bien longtemps. Une irrésistible envie de se marrer le gagne qu'il étouffe tant bien que mal. Et plutôt assez mal à en juger par le regard noir que lui lance son collègue du bureau d'en face. Impossible de s'en aller comme ça. Il y a du monde en ligne et en vitrine. Rebeka AnaX Chuchoteuse80 Samia27 Suismoichéri Sulfura Monsecret45 Minouchette Tacomplice Gourmandiz93 Enparallèle Taquine Envie_de_toi Ouietalors59 Libre-et-Lulle Coquinette Jeanne-erre Lavieestcourte Blondynette SexyGigi AllumezLeFeu. Tournis ! Les yeux lui sortent des orbites. Haletant, langue pendante, il est le loup de Tex Avery. Clic, clic, clic. Au hasard, puisqu'il fait bien les choses. De-ci, de-là. Non plutôt ici. Et là. C'est de la folie. Il ne sait plus où donner de la tête. Ni de la souris. Demoiselles, dames, duègnes, jouvencelles, nymphettes, midinettes, rombières, poulettes… Des filles, des femmes partout. De tous âges. Parfois à peine sorties du berceau. Pas mal de trentenaires, beaucoup de quadras, un max de quinquas et quelques sexagénaires. Célibataires, en couple, en concubinage, veuves, séparées, divorcées ou mariées. Mais toujours disponibles. Open. Libres comme l'air. En quête de frissons, d'évasion, d'expériences, de partage, de partage d'expériences, d'une parenthèse excitante, de complicité. Et plus si affinités. Y a qu'à faire son marché, qu'à se baisser pour ramasser. Celles qui n'ont pas mis de photo de profil se retrouvent comme lui réduites à une silhouette, la même pour toutes, longs cheveux noirs et frange tombant sur le visage. Visage blanc, quelle que soit l'Ethnie. Il admet que ce n'est pas très engageant. Cela n'incite pas à cliquer. Encore moins à chatter. Le premier tri se fait donc ainsi : entre celles qui se cachent et celles qui osent se montrer. À ceci près que celles qui se montrent se planquent souvent aussi. De dos, sous un chapeau, parfois derrière un bouquin. Lunettes de soleil, masque, mèche, foulard, tignasse : tout fait l'affaire. Tout sert de loup. Même les paysages, les plages, les piscines, les montagnes, les champs de blé ou de tournesols dans lesquels elles se perdent, s'enfouissent, disparaissent. L'image est rarement nette et le flou pas toujours artistique, mais qu'importe. Il y a aussi celles qui ont fait le choix de ne donner à voir qu'une partie de leur corps. Une pièce détachée. En gros plan. Elles ont zoomé sur leur oreille, leur nuque, leurs jambes, leurs cuisses, leur front, leurs boucles, leur bouche, ouverte le plus souvent. Ici un œil, là les deux yeux, plus loin un bras levé, ailleurs une jarretière, un poignet tatoué, un grain de beauté, un escarpin et puis un décolleté plongeant, une épaule, un perfecto, et encore des seins, tétons apparents et même une paire de fesses carrément.

Sur Instagram tu peux mater sans liker, sans même être abonné. Tu peux traîner des heures sur le profil des gens qui n'ont pas verrouillé leur compte, tu peux éplucher à loisir leurs photos et leurs commentaires sans qu'ils le sachent, sans que jamais ils ne s'en aperçoivent. La seule chose qu'il faut éviter pour ne pas se faire repérer, c'est d'aller sur une story. Ça évidemment, c'est Roxane qui le lui a appris. Elle lui a expliqué que le créateur de chaque story peut connaître le nom et le nombre de ses spectateurs. Alors il fait gaffe, s'abstient de cliquer sur le cercle coloré qui entoure la photo des profils histoire de ne pas laisser de trace. Comme rien de ce genre n'existe sur Gleeden, il pensait être peinard. Visiblement c'est raté. Il a été identifié. Estampillé timide, voyeur ou vicelard. Va savoir ! Depuis quelques heures, chaque fois qu'il se connecte, s'ouvre une fenêtre. Un grand pavé blanc et violet avec un gros œil au milieu. Un Big Brother qu'il a l'impression d'entendre crier, comme le dimanche à la fin du marché : Priorité à nos membres fidèles ! Pour le fermer, deux options : appuyer sur la croix X ou dans la case Acheter des crédits. Un pack de crédits permet de profiter pleinement de la communauté Gleeden, de contacter ses membres et de faire de belles rencontres dès maintenant en toute discrétion et sans engagement. Jusqu'à présent il a toujours ignoré ce message. Cela fait au moins vingt fois, trente peut-être, qu'il tape sur la croix. Et il est certain qu'il vient tout juste de le faire encore. Alors comment cela se fait-il que de nouveaux slogans défilent ? Peut-être que son doigt a glissé ou que, n'y tenant plus, il s'est émancipé. Pack 30, 30 crédits à 24,99 €, Pack 60, 60 crédits à 39,99 €, Pack 120, 120 crédits à 59,99 €, Pack 300, 300 crédits à 119,99 €. Dilemme et grosse panique. Mais non, les bandeaux orange, bleu, rose, turquoise et vert qui se succèdent sans arrêt sont là pour le rassurer. Pas d'abonnement, pas d'engagement et pas de renouvellement automatique. Libellé anonyme sur votre relevé bancaire. Il n'a pas le temps de se demander à quoi ça sert que d'autres bannières prennent le relais. Contactez les profils qui vous plaisent via les messages privés, Accédez aux albums photos privés, Démarquez-vous grâce aux cadeaux virtuels. Il hésite puis finit par cliquer sur le pack de 30 crédits à 24,99 €. Cela devrait suffire. Au moins pour commencer. Le libellé discret et anonyme, qui apparaîtra sur votre relevé bancaire, sera APPLE ITUNES STORE. Isabelle n'est pas du genre à consulter son compte mais les femmes qui ont conçu ce site ont bel et bien pensé à tout. L'achat est intégré. Il lui suffit d'apposer son doigt pour payer. Le voilà équipé. Les choses sérieuses peuvent commencer. Il comprend très vite qu'il va falloir utiliser ses crédits avec parcimonie. Le système lui fait penser aux colliers-bars du Club Med. Il avait cassé sa tirelire une fois, pour partir avec Isa quand les filles étaient petites dans l'idée de les coller au mini-club et se reposer vraiment sauf qu'elles n'avaient jamais voulu y mettre les pieds. Les boules de différentes couleurs permettaient de payer les consommations au bar du village sans sortir son porte-monnaie. Une piña colada ou un mojito, c'était 5 bleus. Ici c'est 5 crédits pour envoyer le premier message à un membre, 3 crédits pour lire le premier message d'un membre, 3 crédits pour la première réponse à une demande de chat, 1 crédit par demande d'ouverture d'album et 2 autres pour obtenir l'accès à un album privé. Histoire de rentabiliser l'achat de son pack et de mettre toutes les chances de son côté, il décide d'ajouter une photo pour compléter son profil. Déterminer laquelle le plonge dans un abîme. Tout ça n'est franchement pas facile. Il opte finalement pour un cliché pris d'assez loin, un jour de grand vent au Touquet, sur lequel ses mains dissimulent partiellement son visage sans cacher pour autant son sourire. Il réalise que son alliance brille à son annulaire, mais après tout cela a le mérite d'être clair. Pendant que sa photo est en cours de modération il s'offre encore un tour de piste. Certaines femmes l'attirent, d'autres l'atterrent. Parfois les deux à la fois. C'est le cas de Sensula115. Ses préférences sexuelles feraient bander Seb et bondir Nico. Mais pas lui. Lui, c'est plutôt l'inverse. Elles le bloquent. Il ignore pourquoi mais ça ne passe pas. Too much, question d'accumulation sans doute. Sexe dans des lieux inhabituels Sexe conventionnel Sexe romantique : jusque-là tout va bien. Lire des textes érotiques, ça aussi, ça lui plaît. Les yeux bandés, OK. Être dominé(e), pourquoi pas ? Mais Être vu(e) ou filmé(e) lui convient déjà moins. Et puis après ça se corse. Jeux de rôles Jeux à plusieurs Déguisements Utiliser des sextoys Prêt(e) à expérimenter Prêt(e) à tout : trop de piment pour lui. Il réalise qu'au lieu de l'émoustiller la catégorie Préférence sexuelle l'angoisse lorsqu'elle est trop détaillée. Celles qui aiment les Jeux à trois Plutôt hard l'effraient carrément. Il ne se croyait pas si prude. Il découvre que l'achat du pack de 30 crédits lui donne accès au service de géolocalisation. Il pourrait l'utiliser afin d'identifier les femmes disponibles près de son bureau. Cela ne fait pas cinq minutes qu'il s'est déconnecté que tombe un message l'avertissant qu'il s'est fait remarquer. Cher UneBelleJambe, Lajolie vient de vous ajouter à sa liste de favoris ! Pour découvrir son profil, rendez-vous sans plus attendre sur votre compte Gleeden, rubrique Mes favoris. À bientôt sur Gleeden.com ! Bientôt c'est tout de suite. Le voilà de nouveau en ligne. De toute façon tout l'emmerde aujourd'hui. Depuis qu'il s'est inscrit sur ce site, plus rien ne l'intéresse. Il vit dans l'expectative. Sur le qui-vive. Un désir irréfréné s'est emparé de lui. Il faut que quelque chose se passe, que quelque chose lui arrive enfin. Peu importe quoi. Il en est là. Et il semble bien que cela arrive maintenant. Le point vert indique que Lajolie est en ligne. Ligne de mire. Mirage peut-être. Minois adorable, sourire enjôleur. 43 ans Paris/Île-de-France Marié(e) 1,70 m Hétérosexuel(le) Cadre commercial Balance. Elle a les pieds sur terre et la tête dans les étoiles. Cherche un homme bien dans ses baskets, séduisant et spirituel (tout lui, non ?) Enfants Oui. Fumeur Oui. Ethnie Européenne. Silhouette Mince. Yeux Vert. Cheveux Long Brun/Châtain. D'emblée elle lui plaît. Elle ne se la pète pas, n'a pas besoin de Discussions, ne prétend pas être Cultivé(e) Sophistiqué(e) Sûr(e) de soi Spirituel(le). Elle se dit Calme Joyeux(se) Naturel(le) Indépendant(e) Sensible et Plein(e) d'imagination. Elle n'a pas peur de préciser qu'elle est là pour ça. Pour un plan d'un soir, sans engagement. Elle a choisi les bulles Juste une aventure Éphémère Ludique Passionnée. Et répondu à la question Type de relation recherchée par Relation courte

Purement sexuelle. Ce qui ne l'empêche pas de vouloir Y aller doucement et de n'avoir Pas d'attentes en particulier. Trop beau pour être vrai. Il ne sait pas bien comment s'y prendre. S'il vaut mieux d'abord la voir ou lui parler. Puis finalement il fait les deux. Débite d'abord deux crédits pour lui demander d'ouvrir son album. Ce qu'elle accepte immédiatement. Sur la première photo, elle pose de trois quarts dans une robe fourreau noire qui dévoile ses jambes, moule ses fesses et dénude entièrement son dos. Sur la deuxième photo, changement de décor : elle joue les sirènes sur un bateau, porte juste un bas de maillot doré et enroule au bout de son doigt une mèche des cheveux qu'elle a placés de manière à dissimuler ses seins. Il n'y a pas à tergiverser, elle lui plaît. Il utilise cinq autres crédits pour le lui avouer. La vouvoie bien sûr dans son message. Elle trouve ça charmant, le lui écrit dans l'instant en passant par le chat, Plus pratique ! puisqu'ils sont en ligne au même moment. Il n'en faut pas plus pour qu'il se sente vivant. Il prie pour ne pas tomber en panne de crédits, puis n'y pense plus du tout. Les messages fusent. Elle les tape à toute allure et quand ils partent trop vite s'excuse pour les fautes, dslée. Ils parlent de tout et de rien, et surtout de rien. C'est la première fois de sa vie qu'il flirte par écrit. Cela ne manque pas de charme. Son cœur pulse jusque dans ses doigts. Il se lève pour ouvrir la fenêtre et comprend en se rasseyant que c'est trop tard : il ne fera plus machine arrière. Avec Lajolie ou une autre, il ira jusqu'au bout. Il n'a encore rien fait qu'il a conscience de déjà tromper Isa. Mais étonnamment cette idée ne lui fait ni chaud ni froid. Quelque chose en lui vient de céder. Les barrières, les garde-fous qu'il s'était fixés, il y a des années, tombent brutalement. Sa pudeur et toutes ses peurs gisent là, à ses pieds. Plus rien ne le retient désormais. Il ne sait même plus ce que veut dire hésiter. Il cherche dans son téléphone les photos que Lajolie lui demande d'envoyer histoire d'équilibrer les choses. Les fait défiler rapidement et en choisit deux. Sur l'une, qui date d'il y a six ans, il pose devant la mer, tout bronzé, dans un maillot Sundek jaune fluo que les filles lui avaient offert pour la Fête des pères ; sur l'autre, il officie au barbecue, en chemise blanche, un verre de rosé à la main. C'est Isa qui les a prises, mais à ce moment-là il n'y pense pas. Lajolie pose une question en guise de commentaire. On se voit quand ? Il ne sait pas ce qu'il lui prend. Ses doigts pianotent six lettres. Elle n'en a besoin que de deux. Sous son Demain ? il lit OK. La terre s'ouvre sous ses pieds.

C'est donc là qu'il va croquer la pomme. Là que va le rejoindre cette femme qu'il ne connaît ni d'Ève ni d'Adam. Le téléchargement de l'application Dayuse permettant de trouver une chambre en journée, la recherche d'un hôtel avec une disponibilité entre 13 heures et 18 heures, la réservation puis les échanges de SMS pour fixer le rendez-vous : il ne s'en serait pas cru capable et pourtant si. Il a tout fait. Comme un grand. Avec un naturel qui l'a lui-même déconcerté. C'est bien la première fois qu'il va à l'hôtel à Paris. Tout cela a réveillé en lui une fièvre incroyable, une excitation qu'il croyait perdue. Il n'en a pas dormi de la nuit. Et pas travaillé de la matinée. Mais maintenant qu'il s'agit d'y aller… C'est comme si quelqu'un le saisissait au collet, lui interdisait d'avancer. Il faut se représenter ce que c'est, se rendre compte de cette folie tout de même : vingt-trois ans qu'il n'a pas approché une autre femme qu'Isa. Vingt-trois ans que personne d'autre qu'elle ne l'a vu à poil. Traverser la rue, pénétrer dans l'hôtel, se diriger vers la réception, donner le faux nom avec lequel il a effectué la réservation, payer, attendre la clé, puis prendre l'ascenseur, chercher la chambre, s'y installer, accueillir Lajolie, lui parler, au moins un peu, se déshabiller… Tout à coup, il n'est plus sûr d'y arriver. Ni même d'en avoir envie. Non mais oh, pas le moment de se dégonfler. Un grelot tintinnabule dans son cerveau, s'impatiente, s'agace, l'exhorte à faire preuve d'un minimum d'audace. Allons, voyons, vas-y, mon gars, prouve-toi que tu peux le faire. Que t'es encore désirable. Que t'existes. Au fond il ne sait plus. Hésite, se tâte alors qu'il n'y a pas à tortiller. Il pichenette son mégot dans la flaque d'eau, récupère son briquet dans sa poche, attrape son paquet de clopes et s'en allume une autre direct. Une dernière avant de monter.

Il écrase sa cigarette quand une dame passe avec son mini landau au ras du sol et le fusille du regard. Alors du bout des mocassins marron qu'il a pris soin de cirer ce matin, il pousse le mégot dans le caniveau. Sa mémoire est un boudoir où s'alanguissent tant de souvenirs avec Isa qu'il pourrait y paresser encore, ne jamais en sortir. Mais c'est dans la chambre d'en face qu'il s'agit d'entrer et de s'allonger. La fille qui l'attend peut-être déjà doit sérieusement commencer à s'impatienter. Est-elle nue ? En petite tenue ? Imaginer son déshabillé suffit à le faire bander. Le voilà aussi écarlate que les géraniums lierre qui dégoulinent des balconnets. Le grelot se remet à tinter dans son cerveau, lui ordonne de se bouger, Allez, du nerf.

Ses jambes traversent enfin la rue et le conduisent jusqu'à l'hôtel, à l'entrée duquel crânent quatre étoiles. Même pas filantes. Ses bras poussent la porte à tambour. Il imagine son roulement, la frappe rapide et continue des baguettes sur l'instrument, le fracas des cuivres. Mais nul ne salue son arrivée. Le gars de la conciergerie discute au téléphone en anglais tandis qu'un couple patiente sur les fauteuils à côté. Les quelques clients installés dans les canapés le remarquent à peine. La fille de la réception lui demande son nom, n'émet aucun commentaire, puis lui tend une carte magnétique en échange de sa CB. Trente secondes pour taper son code et récupérer le ticket, voilà, affaire réglée. Chambre 212, au deuxième étage. Et lui qui avait bêtement peur de devoir se justifier, qui craignait les regards en coin des serveurs en livrée. Il aperçoit sur la gauche l'ascenseur qui débarque justement femmes et enfants d'abord. S'y engouffre, appuie sur le bouton du deuxième. Une publicité vante les mérites du spa dont il ne profitera pas. Le miroir lui renvoie l'image d'un type aminci à laquelle il n'est pas encore habitué. Le trac tambourine dans sa poitrine. Les portes s'ouvrent sur un couloir carmin dont il est impossible de deviner la fin. Hésitation sur la direction. Une flèche l'aiguille à droite. L'épaisse moquette n'étouffe pas le bruit de son cœur qui bat, bat, s'emballe de plus en plus fort à mesure que défilent les chambres. Ses pieds s'immobilisent devant la 212. Voilà, il y est. Il ne reste plus qu'à ouvrir, à passer la carte devant le lecteur. Ce geste si simple lui paraît soudain très compliqué. Bras ballants, ankylosés. Allez ! Il compte mentalement jusqu'à 3, 1 2 3, prend une grande inspiration et y va.

Il ôte sa veste et la pose sur le dossier de la chaise lorsqu'on frappe à la porte. Trois tocs. La voilà. Salut, c'est moi. Elle lui fait la bise le plus naturellement du monde. S'avance dans la chambre. L'inspecte du regard. Classe ! Pose son sac sur la table. Ouvre une des deux bouteilles d'eau qui s'y trouvent. Désolée, tellement assoiffée. Chaleur de bête, surtout dans le métro ! Il la regarde, ses yeux verts, sa jupe courte, la trouve sexy. Sexy en diable. Sa beauté réelle surpasse de loin ses fantasmes numériques. Sa décontraction le sidère. Et le soulage. Tellement à l'aise. Tant mieux, elle l'est pour deux. Elle s'excuse, va faire un petit tour dans la salle de bains pour se laver les mains. Il comprend qu'elle en profite surtout pour prendre ses précautions. Entend l'urine couler, le jet puissant dans la cuvette des W.-C., le grincement du dérouleur de papier puis la chasse d'eau. Il attrape le magazine posé sur la console, le feuillette pour se donner une contenance, ce qui ne sert franchement à rien puisque personne ne l'observe. La revoilà. En soutien-gorge. Rouge. Elle s'approche en souriant. Dents blanches, parfaitement alignées. S'arrête à deux centimètres de lui. Sent bon. Patchouli. Agite son T-shirt avec espièglerie, explique qu'elle l'a enlevé pour l'aider. Puis ne dit plus rien. Se tait. Le dévisage. Se hisse sur la pointe des pieds. L'embrasse. Le lape. Langue pointue. Haleine sucrée. Framboise. Ses doigts dans son cou. Puis sous sa chemise qu'elle ne tarde pas à déboutonner d'une main tandis que l'autre enserre son sexe à travers le jean. Expert(e). Sûr(e) d'elle. Heureusement. Lui n'en mène pas large. Balourd. Malhabile. Il doit s'y reprendre à plusieurs fois pour réussir à dégrafer son soutif. Je peux le faire moi-même, tu sais. Elle sourit encore. Moue exquise. Pas moqueuse, non. Drôle. Joyeux(se). Elle murmure à son oreille, la croque. Frissons. Il obéit, enlève son jean pendant qu'elle retire sa jupe sans le quitter des yeux. Son air mutin l'affole. Torse nu tous les deux. Égalité. Elle l'attire contre elle, contre sa peau, la peau douce. L'embrasse à nouveau, effleure son sexe puis ses fesses sous le caleçon, le fait glisser et le caresse maintenant pour de bon. Doucement. Un certain temps. Puis l'entraîne vers le lit, Viens. Entreprenant(e). Allongé, il se sent moins gauche, moins gourd. Sa tête s'arrête. Alors les gestes lui reviennent. Ses seins fermes, parfaits, tiennent juste dans sa main. Il garde longtemps ses tétons entre ses doigts et ses dents. Sa bouche descend maintenant patiemment. Sa langue court sur son ventre, plonge dans le creux de ses cuisses, s'y attarde, exaspère son désir, dessine obstinément les contours du string en dentelle qui couvre à peine son sexe, et le lèche à travers l'étoffe qu'il arrache, enfin. Elle soupire, gémit, n'en finit plus de gémir, ses hanches dansent, se tortillent, quand soudain elle tressaille, se tend d'un coup dans un grand cri. Il croit l'entendre susurrer merci. Se redresse, se colle contre elle qui n'en peut plus, l'exhorte à la pénétrer, répète prends-moi, prends-moi, prends-moi maintenant. Il ne demande que ça, ne demande qu'à lui plaire mais... Comment dire... L'impensable se produit. Impossible de bander. Bite abattue. Flasque. Lajolie s'échine sur sa mollesse, fait tout ce qu'elle peut pour l'aider à la lever. Le branle avec ferveur, le prend dans sa bouche, le branle encore, lèche son gland, lèche ses couilles et de nouveau son gland, mais peine perdue. Pire que mieux. Il a beau prendre le relais, se masturber, rien n'y fait. Rien. Aucune érection. Pas la moindre réaction. Rien. Eh ben dis donc, cache ta joie. Si si, il la désire. Mais cela ne se voit pas. Fiasco complet. Alors il finit par laisser tomber. Dslé. Mais non, il n'a pas à être désolé. Compréhensive. Gentil(le). Elle essaie de dédramatiser. La bandaison papa, ça n'se commande pas. Tu parles. Lajolie porte vraiment bien son nom. Elle voudrait le réconforter alors elle dit cette phrase, cette phrase qu'il a déjà entendue dix fois, vingt fois peut-être, cette phrase qu'elles prononcent toutes, qu'elles se passent et repassent de copine en copine, de mère en fille, de génération en génération, comme un triste flambeau, cette phrase de merde qui pue le sacrifice et la commisération, cette phrase de dupe qu'il faudrait éradiquer une bonne fois pour toutes et qu'on n'en parle plus, elle dit C'est pas grave, et bien sûr c'est faux, bien sûr que c'est grave. Pas de bandaison ? Pendaison, alors. Échafaud. Qu'on la lui coupe puisqu'elle ne sert définitivement à rien. Il se sent tellement minable. La honte le fait suffoquer. Il ne lui reste plus que ses yeux pour pleurer. Et ses doigts. Alors il s'en sert pour essayer de se faire pardonner.

Il sort de l'hôtel, dévasté. N'attend pas que le bonhomme passe au vert pour traverser, avance vite, sans se retourner. Il aurait dû anticiper, mettre toutes les chances de son côté. Il aurait dû prendre du Viagra ou une pilule pour bander comme Seb le fait parfois. Oui, mais comment se douter ? Non, il aurait surtout dû ne jamais aller dans cet hôtel. La colère, la honte et le remords l'assaillent, croisent le fer dans une pathétique passe d'armes et il ignore lequel des trois lui fait le plus mal. Il tente de maintenir à distance la culpabilité, de la museler. Mais elle a les dents longues et il n'arrive pas à semer ce dogue aux crocs acérés qui le suit, menace de se jeter sur lui et de le déchiqueter. Peut-être qu'il vaudrait mieux s'arrêter et se laisser dévorer. Peut-être que c'est le prix à payer. Ne pas bander est-ce quand même tromper ? Si c'est l'intention qui compte, alors oui. Embrasser c'est tromper. Lécher c'est tromper. Doigter c'est tromper. Et même chatter c'est tromper. OK. Mais mentir, est-ce nécessairement trahir ? Aussi mal se sent-il, il n'a aucune difficulté à reconnaître que si c'était à refaire, il le referait. Car malgré la colère, malgré la honte et le remords, malgré la culpabilité, malgré tout, il est soulagé. Soulagé que se soit enfin arrêté l'odieux chronomètre qui tournait dans sa tête. Aujourd'hui, le 26 juin 2021, le décompte a pris fin. Et avec lui l'abstinence et avec lui la misère, le grand désert dans lequel il errait depuis un an, quatre mois et vingt-cinq jours. Le voilà coupable mais débarrassé d'un putain de poids. Il a laissé dans la chambre 212 tout ce qu'il avait emmagasiné de frustration et de rancœur. Lajolie l'avait à peine regardé, à peine embrassé, ne l'avait pas encore caressé que déjà les vannes s'ouvraient, déversaient sur la moquette leurs flots croupis d'insatisfaction et de dépit. Alors il devrait se dire que le plaisir qu'il a pris n'enlève rien à Isa, ne lui vole rien. Il devrait se persuader que sa femme n'a absolument rien à voir avec cette histoire. Se convaincre que ce qui s'est passé, ou pas passé, dans la chambre 212, ne la regarde pas. Que tout cela ne concerne que lui. Lui et personne d'autre. Que ce n'est rien de plus qu'une soirée foot ou une sortie entre potes à laquelle Isabelle n'a pas assisté. Il se répète tout ça, mais ça ne fonctionne pas. Il s'envase dans de boueux remords. Oui, il a péché et s'en repent. Fait acte de contrition même s'il n'a pas eu d'érection. Il repense à cette fable de La Fontaine, *Le Coq et le Renard*, qu'Élodie avait eu un mal de chien à apprendre en quatrième. Se rappelle le vers sur lequel elle butait : Car c'est double plaisir de tromper le trompeur. Pour lui c'est double peine.

Il marche dans la rue au ralenti, la veste alourdie par son cœur crevé qu'il y a glissé parce qu'il faut quand même bien le garder. Ses ongles l'écorchent en fouillant dans sa poche. Il a l'impression d'avoir du sang sur les mains. Les essuie sur son jean avant d'introduire la clé dans la serrure. Isa est là, occupée à préparer le dîner. Pour la première fois peut-être, il se réjouit de ne pas avoir à l'embrasser. Se déchausse, sent sur lui l'odeur de LaJolie, son patchouli, sa langue sur son torse, sa bouche sur sa queue, ses seins dans les yeux. Isa baisse le feu sous le faitout, dénoue son tablier, l'observe, demande si ça va, lui trouve un drôle d'air. Son regard l'immobilise, le transperce. Le cloue au pilori. Il a l'impression qu'elle sait. Il ne s'est pas préparé à l'imminence du désastre, à ce face-à-face qui pue l'adultère à plein nez. Ne l'avait pas prévu, pas du tout anticipé. Alors est-ce pour se défendre ? peut-être, il ne le saura jamais, mais de sa bouche qui, il y a à peine une heure, en goûtait une autre, en suçait une autre, en léchait une autre, sortent des mots inattendus, sans doute propulsés par la culpabilité, l'accablement et l'épuisement qui soudain le terrasse. Il lui dit. Tout. D'une voix basse qu'il ne reconnaît pas, rendue presque vulgaire par le dégoût. Il tait bien sûr ce qui ne s'est pas passé puisque cela ne change rien, puisque l'intention y était. Il prononce ce verbe, *tromper*, qu'il ne croyait pas fait pour eux, qu'il n'aurait jamais imaginé conjuguer à la première personne du singulier. Il ajoute dans l'urgence des tas d'autres mots, petits, navrés, fangeux, qui se cognent, s'entrechoquent, la heurtent malgré lui et sonnent tellement faux qu'il en a honte. C'est lui autant qu'elle qu'ils salissent en tombant dans la cuisine, en éclaboussant le dîner qu'elle a préparé pour rien, auquel ni l'un ni l'autre ne touchera ce soir. Elle se recule brusquement dans un coin. Comme brûlée par les phrases fautives qu'il continue de formuler, il ne sait comment. Il dit que ce qu'il a fait dans cette chambre d'hôtel, c'est avec elle qu'il aurait voulu le faire. Il lui répète qu'il en crève, parce que plus jamais tes lèvres, plus jamais ta peau, parce que plus jamais ton épaule à mon épaule, plus jamais ta main sur mon cou, plus jamais joue contre joue, plus jamais Viens ! Plus jamais rien. Son envie de l'aimer n'a rien d'illégitime alors pourquoi ne passe-t-elle plus par des moments intimes ? Dans les pupilles d'Isabelle rougeoient la stupéfaction et la colère. Et bizarrement cette fureur qui lui fait froncer les sourcils et serrer les dents le soulage. Elle se tient, mais réagit. Enfin. Demande comment il a pu faire ça, lui faire ça. Leur faire ça. Elle parle d'obscénité, cette banalité la débecte. Et puis quel lâche ! Quelle ordure ! Elle met du temps à épuiser ses adjectifs, le trouve abject, immonde, ignoble, dégueulasse, et j'en passe. Elle aurait préféré ne pas savoir. Pourquoi faut-il qu'il la punisse doublement en venant lui avouer son infidélité ? Est-ce qu'il pense que cela ne lui fait rien ? La prend-il pour une statue de marbre ou au contraire le fait-il exprès pour lui faire mal, la blesser ? Il ne pouvait pas assumer ses conneries, garder tout ça pour lui au lieu de venir se confesser la queue basse, quémander son pardon comme un petit garçon ? Elle l'accuse et il ne cherche pas d'excuse. Ça devait arriver. Il n'en pouvait plus. De gamberger, d'ausculter son désir, son non-désir, d'espérer, de prier pour qu'elle ait envie de lui. Et de toujours se fracasser contre ses refus. Il évoque la solitude qui le tue. C'est avec elle qu'il veut faire l'amour, mais puisqu'elle ne veut plus, est-ce qu'à 53 ans il doit mettre une croix dessus, devenir un vieux garçon résigné, frustré, fripé ? Peut-être qu'il en va du sexe comme du soleil, peut-être qu'il existe un capital qui s'épuise à un moment donné parce qu'on a tout grillé ou que la réserve dont on disposait a dépassé sa date limite de consommation. Dans ce cas son capital sexuel à lui est largement entamé. Non qu'il ait dépensé toutes ses munitions, tant s'en faut ! Mais ses pulsions vont finir par frôler la péremption. Il surveille son langage, cherche ses mots, repousse les plus durs. Il ne s'agit pas de l'acculer. Ni de faire son procès. Aujourd'hui, le coupable, c'est lui. Mais pardon, il ne comprend pas qu'elle puisse vivre avec lui sans plus jamais le toucher. Non, il ne comprend vraiment pas. La sexualité, c'est une preuve d'amour, tu vois. Alors... Sans le savoir, il vient de prononcer la phrase de trop. Celle qui la fait sortir de ses gonds. Isa s'empourpre. Des éclairs allument ses yeux et la foudre tombe sur eux. Tout de suite les grands mots, l'amour a bon dos ! Parce que des preuves, elle ne lui en donne pas, peut-être ? Que veut-il qu'elle lui dise ? Bien sûr qu'elle y a pensé. Elle a maintes fois songé que ça lui pendait au nez, que quand il en aurait vraiment ras-la-casquette il se taperait une jeunette. Ben voilà, on y est. Elle ne sait pas expliquer comment c'est arrivé, pourquoi son désir s'est enfui. Ah, c'est sûr, si elle pouvait lancer un avis de recherche, elle le ferait. Non mais qu'est-ce qu'il croit ? Elle adorerait être chaude comme une friteuse tous les jours. Elle aussi s'est interrogée, beaucoup inquiétée. La ménopause ne l'a pas aidée, et puis la fatigue, le boulot... Et le départ des filles. De toute façon, il ne peut même pas imaginer à quel point elles lui manquent. Ce manque ce n'est pas seulement un vide, c'est une absence incroyablement douloureuse, impossible à combler. Une amputation. Alors quand elle le voit faire la gueule à Noël parce qu'elle invite des copains et qu'il ne comprend même pas que pour elle il s'agit juste de faire un réveillon différent... OK, tout ça ne suffit pas à expliquer la disparition du désir, son étiolement. Il s'est atrophié, complètement effiloché, c'est vrai. Et malheureusement la pelote ne se rembobine pas sur commande. Ce serait trop beau. Trop facile. Tout ça reste un mystère. Mais la gynéco l'a rassurée, c'est hyper fréquent à son âge, et ça va sûrement revenir. Et puis le quotidien… La routine y est pour quelque chose. C'est elle qui a flingué sa libido. Quand elle dit ça, il se figure un bras armé, la lourde crosse du pistolet, puis entend la détonation, Pan ! voit la balle transpercer son corps, l'exploser et le réduire en bouillie. Sa chair en charpie. Du ketchup partout. Toujours savoir à quelle sauce elle va être mangée, évidemment ça n'a rien arrangé. Parce que oui, c'est toujours pareil, toujours le même menu depuis des années : trois léchouilles, un ou deux doigts, dix allers-retours, voire vingt s'il a trop bu, entrée, plat, dessert, quand ce n'est pas directement le dessert… Ça coupe l'appétit. Plus faim à force. Elle ne dit pas que tout est de la faute de la routine, mais quand même. Difficile de ruisseler d'excitation quand t'as l'impression de connaître le film d'avance, de le connaître par cœur… Bien sûr, le générique on ne peut pas le changer, quoique… Lui ne s'en est pas privé. Mais toujours les mêmes gestes, dans le même ordre… Léchée, doigtée, pénétrée, cet enchaînement répété vite fait pas toujours bien fait, chaque fois reproduit à l'identique, ça tue le désir et… Et l'amour aussi visiblement, l'interrompt-il en ricanant parce qu'elle vient de le blesser. De toute façon le film est sur pause depuis un max de temps ! Son sarcasme l'indiffère. Elle ne se laisse pas décontenancer, enchaîne, déchaînée soudain. Il a toujours fait sa victime, toujours tout dramatisé. L'amour ne s'envole pas parce qu'on ne le fait plus, figure-toi. Bien sûr, c'est dommage qu'elle n'ait plus envie, fort regrettable. Mais l'amour n'a rien à voir là-dedans. Il mélange tout. C'est son désir qui a disparu, pas ses sentiments. Son air buté dit Cause toujours tu m'intéresses, alors elle continue. C'est facile de dissocier le sexe des sentiments quand ça vous arrange. Donc lui, il peut aller à l'hôtel, s'envoyer en l'air avec la première venue, et puis rentrer tranquillement à la maison, s'essuyer les pieds sur le paillasson, et lui jurer qu'il n'aime qu'elle… Mais elle, en revanche, elle n'a pas le droit de dire que ne plus baiser ne l'empêche pas d'éprouver toujours des choses pour lui. Il faut qu'il lui explique, parce qu'il y a un truc qui lui échappe. Il commence à se justifier : C'est simple, cette fille que je n'ai même pas réussi à tringler, je n'en ai rien à f… Isa ne lui laisse pas le temps de terminer sa phrase. Si lui a su distinguer le sexe des sentiments, pourquoi est-ce qu'il n'arrive pas à admettre la réciproque : qu'elle puisse encore avoir pour lui de l'amour sans le faire ? Et puis qu'est-ce qu'il croit ? Qu'il n'y a que lui qui souffre dans tout ça. Que ça lui fait plaisir, à elle, de se refuser. De jouer ce rôle-là, le rôle de la frigide, de la rabat-joie. D'être celle qui serre les cuisses, le frustre, le castre. Est-ce qu'il a déjà essayé, au moins une fois, rien qu'une fois, de se mettre à sa place ? D'imaginer l'angoisse que c'est de sentir le désir la quitter. Le déchirement que c'est. De voir son corps changer, s'engourdir, s'empâter. Et le chagrin de lui faire de la peine à lui aussi. Et la culpabilité qui s'ajoute, comme si tout ça ne suffisait pas. C'est parce qu'elle s'en voulait qu'elle s'est forcée pendant des années, allez un petit effort, fais ta besogne, ça fait longtemps, ça le détendra... Il n'est pas le seul à savoir compter. Les comptes, elle aussi, elle les faisait. Calcul mental, s'il vous plaît ! Oh oui, elle résistait sans scrupule quand il exagérait, quand ils l'avaient fait la veille ou l'avant-veille et qu'il en redemandait déjà, mais quand cela faisait un moment, pas mal de jours sans, elle se motivait comme elle pouvait. Est-ce qu'il s'est déjà douté de ça ? Est-ce que ça lui a déjà traversé l'esprit, qu'elle puisse baiser sans en avoir envie ? Toute cette pression qu'elle se mettait... Au moins maintenant, ça c'est fini. Ça lui a fait du bien de prendre le large, de dormir à côté. Oh, pas la peine de tirer cette tête. Plein de femmes sont dans mon cas. Plein de couples autour de nous vivent la même chose. Ah bon, et on peut avoir des noms ? persifle-t-il. Bah, les Fouchet par exemple. Les Fouchet ? Il en a le sifflet coupé. Ben oui, apparemment tu ne parles pas de tes problèmes à tes chers potes. Parce que si tu le faisais, tu saurais que Philippe non plus ne baise plus. Hein ?... Éberlué. Elle lui en bouche un coin. Comment ça ? Ben oui, comme tu sais Laurence et Philippe sont mariés ; donc si Laurence me dit qu'elle ne fait plus l'amour avec son mari, c'est bien que Philippe ne fait plus l'amour non plus. Avec elle en tout cas. Pour le reste, je ne sais pas. Peut-être que lui aussi va voir ailleurs. Il tombe des nues, ne s'en remet pas. Alors elle poursuit sur sa lancée, occupe le terrain, en profite pour les railler, lui et ses formidables copains. C'est fou, cet orgueil qui les fait parler de tout sauf de ce qui compte vraiment. Toujours les premiers à se marrer, mais quand il s'agit de discuter pour de vrai, alors là, plus personne ! C'est bien, maintenant qu'il est au courant, il va pouvoir interroger Philippe sur le sujet, faire jouer la solidarité masculine. Et peut-être même monter une équipe ! Ce soir en tout cas, la défaite est collective. Elle n'a subitement plus rien à dire, alors elle se tait. Il la regarde plier son tablier pour indiquer que la discussion est terminée et il a soudain peur, très peur qu'elle ne le rende.

Quand les filles étaient petites, il n'avait besoin de personne pour s'occuper d'elles. Et puis être avec elles, rien qu'avec elles, quand Isa bossait le samedi, il adorait ça. Parce qu'on ne se dit pas les mêmes choses quand on est à trois ou à quatre. Parce que les petites n'ont toujours eu d'yeux et d'oreilles que pour leur star de mère, qui prend de la place et presque toute la lumière, marche parfois sur ses plates-bandes, fait toujours de beaux discours, a souvent réponse à tout et la plupart du temps raison. Alors à trois, il le pensait sans aucune malveillance, c'était un peu les vacances. Air frais, légèreté. Moins sérieux, moins raisonnable. Pas forcément mieux, juste différent. Ça chouinait plus rarement et ça chatouillait ! Chocolat chaud à la papa, cabane, chaussettes dépareillées, couettes pas très droites mais pas grave, repas à l'envers en commençant par le dessert. Le petit déj', le vélo, les Rollerblade, le McDo, les devoirs, le bain, les shampoings avec démêlant évidemment, les histoires du soir, les répétitions de solfège et de guitare : il savait tout faire. Ne manquait ni d'idées ni d'autorité. Et encore moins d'entrain. C'est lui qui était là quand Élodie a eu ses règles, la première fois. Isa était mortifiée d'avoir loupé ça, mais est-ce qu'on prévoit ces choses-là ? Les filles se sont longtemps confiées à lui. Puis un jour, plus rien. Ou du moins plus beaucoup. Cela fait plusieurs années qu'elles passent par leur mère pour l'informer ou qu'elles leur disent les choses à tous les deux en même temps. Bien sûr, ce n'est pas pareil. Mais il ne s'en est jamais offusqué. Pas vexé non plus. C'est la vie qui veut ça. Alors quand Élodie lui envoie un SMS pour lui proposer Un déj' ce midi, rien qu'à deux, papounet ? il n'en revient pas. Se souvient de leurs déjeuners au Bistro Romain, où les filles adoraient aller quand Isa travaillait parce que le carpaccio était à volonté, et que même si elles n'en mangeaient qu'un, elles n'aimaient rien tant que compter le nombre d'assiettes qu'engloutissait leur père, passaient le repas à commenter la tête que tirait le serveur à chaque nouvelle commande, ne pouvaient s'empêcher de glousser chaque fois qu'il débarrassait et calculaient le temps qu'il mettait à revenir, s'agaçant de le voir espacer ses passages et le soupçonnant sans doute à raison de tenter ainsi de décourager leur ogre préféré. Il répond Oui ! au texto, cherche un émoji adapté, hésite entre les cotillons et le pouce levé puis laisse tomber, car rien ne peut traduire sa joie à ce moment-là. Ainsi se retrouve-t-il dans le Marais devant un méga burger maison. Il voit tout de suite à sa mine qu'il y a un problème. Pas maquillée, le teint pâle, les cheveux sales. Pas normal chez elle, toujours impeccable. Ça ne va pas, en effet, elle ne le lui cache pas. Vide son sac, le lui dit tout à trac : Léo m'a quittée, puis baisse la tête. Piteuse. Comme si c'était de sa faute. De grosses larmes roulent sur ses joues avant de tomber dans son ketchup, et jamais il ne s'est senti aussi impuissant qu'à ce moment-là. Il voudrait se lever, contourner la table, la prendre sur ses genoux comme quand elle était minus, qu'il lui demandait où elle s'était fait mal et qu'elle lui indiquait le coin du meuble où elle s'était cognée. Il donnerait tout pour revenir au temps où il consolait les chagrins à coups de bonbons collants et où les baisers magiques valaient tous les antalgiques. Comment ça quittée ? Tout avait l'air de si bien aller. Ben oui, il m'a plaquée trois semaines après notre dîner tous les quatre. Ah, c'est donc pour ça qu'elle ne donnait pas de nouvelles. Léo a rencontré quelqu'un. Ben voyons ! Envie de butter ce bâtard. Et en plus… Elle s'arrête, embarrassée soudain. Nœud à la gorge et rouge aux joues. Et en plus quoi ? En plus… Sous la table, ses pieds battent la mesure de sa gêne. Elle hésite, il le sent bien, et regrette déjà de l'avoir relancée. Ne veut surtout pas la brusquer. Et en plus ce quelqu'un c'est… Émilie. Émilie ? Il en a le souffle coupé. Il sait, comprend tout de suite l'ampleur du désastre mais préfère vérifier : Émilie Guillout ? Oui. Elle m'a textoté qu'elle était désolée, mais que c'était comme ça, qu'elle n'y pouvait rien, qu'on ne choisissait pas de qui on tombait amoureuse. Et que de toute façon on a toujours eu les mêmes goûts. Il ne voit pas ses yeux quand elle ajoute cette phrase à voix basse, parce qu'elle les baisse et les garde fixés sur son assiette. L'enfer… Et maman, elle sait ? Non. Elle n'est pas très en forme en ce moment, alors j'ai préféré t'en parler à toi directement. T'as bien fait, mon bébé. Des lustres que ce mot ne lui était pas venu. Ce bébé lui a échappé, c'est le cas de le dire. Échappé depuis longtemps. Mais que sa petite fille poussée trop vite ait encore besoin de lui, l'appelle à l'aide, Au secours papounet ! comme au temps de Peter Pan et de Capitaine Crochet, ça lui donne des ailes. D'un coup. Elle relève le visage et son visage sourit de s'entendre appeler ainsi. Elle n'a pas fini son burger fermier. Lui non plus d'ailleurs. Plus faim. Allez, viens. Il se lève, la prend dans ses bras et garde sa main dans la sienne pour aller payer. Humeur de chien mais non, pas de doggy bag, merci, ça ira. Une tristesse jumelle les étreint. Les voilà dans la rue. Bras dessus bras dessous. Cœur en bandoulière, sens dessus dessous. Un père et sa fille, avec chacun son chagrin. Des chagrins qui se ressemblent, mais ne se partagent pas. C'est comme ça, nul n'y peut rien. Être ensemble, c'est déjà bien.

Il lance en rentrant un salut qu'il espère léger. Trouve Isa au salon, un bouquin à la main qu'elle pose aussitôt. T'étais où ? C'est bien la première fois depuis trois jours qu'elle lui adresse la parole. Il lui a juré qu'il s'était désinscrit de Gleeden, mais elle ne le croit pas. Elle le soupçonne d'y être retourné et au fond ça lui plaît. Ce n'est pas ce que tu t'imagines. J'étais avec Élodie. La petite n'a pas fait promettre à son père de garder leur entrevue secrète et ne lui a pas interdit de répéter ses confidences à sa mère. Au contraire. Puisqu'elle a fait de lui son émissaire, il s'assied face à Isabelle sur le canapé, décrit le déjeuner, les burgers fermiers auxquels ils ont à peine touché, la mauvaise mine d'Élodie et son inconsolable chagrin. Il le dit presque comme leur fille l'a fait quelques heures plus tôt : Léo l'a quittée. Non, c'est pas vrai ! La scène se rejoue dans un étonnant jeu de miroirs. Rôles inversés. Symétrie parfaite. Isa réagit exactement comme lui, et il ne saurait en expliquer la raison, mais ça lui fait plaisir. Un drôle de plaisir. Féroce. Comment ça, quittée ? Tout avait l'air de si bien aller. Ben oui, il l'a plaquée trois semaines après notre dîner. Isabelle tire la même tête que lui tout à l'heure. Le cinéma qu'il nous a fait, l'autre soir, tu t'en souviens ? Mais n'importe quoi ! Et on peut savoir pourquoi ce jeune homme qui s'extasiait sur la longévité du couple des parents de sa copine l'a jetée cinq minutes après avoir fait leur connaissance ? Il en a trouvé une autre, je crois. Ce *je crois* qu'il ajoute pudiquement pour amortir la chute à venir ne sert absolument à rien. Sa réponse électrocute Isa, qui se lève, fait les cent pas dans le salon bien trop petit pour en contenir autant. C'est qui ? Mais c'est qui ? C'est qui, cette fille ? Elle a soudain la bouche infestée par cette question qu'elle crache, crie à n'en plus finir, et qu'elle lui pose comme s'il y était pour quelque chose. Comme si c'était de sa faute cette fois aussi. Cette fois, cette fille, Isa la connaît aussi bien que lui et il se doute qu'elle va devenir folle quand elle saura de qui il s'agit. Inutile pourtant de retarder le moment. Il lâche son prénom sans prévenir et c'est une bombe qui tombe, explose, lui éclate en pleine figure. La voilà cramoisie, elle voit rouge et aussitôt tout en noir. Émilie ? Émilie ? Non… Émilie ! Arrête, je ne peux pas y croire. C'est une mauvaise blague. Mais quelle salope ! Tous ces week-ends où on l'a accueillie chez nous, toutes ces vacances qu'elle a passées à la maison. Non, je n'arrive pas à le croire. Comment a-t-elle pu faire un truc pareil à Élodie ? Isa fulmine, hors d'elle. Elle en oublie Léo, serre les poings qu'elle rêve d'écraser dans la gueule de la gosse, l'agonit, l'incendie. Le fauteuil et le canapé prennent feu en même temps. Les flammes immenses s'élancent, dansent, lèchent maintenant les rideaux. La fureur lui va bien. Elle rallume la sienne qu'il a eu tant de mal à éteindre. Se faire piquer son premier amoureux par sa meilleure amie, sa sœur ! C'est juste pas possible. Il n'y a pas plus dégueulasse quand même, t'es d'accord ? Oui, évidemment qu'il est d'accord ! Élodie ne va jamais s'en remettre. Comment veux-tu qu'elle ne s'effondre pas après ce coup pendable ? Qu'est-ce qu'on va faire ? Elle dit *on*, et elle a raison.

C'est dans leur dos à eux aussi qu'Émilie a donné un coup de poignard. Entre leurs omoplates parentales qu'elle l'a éhontément planté. La blessure d'Élodie, sa plaie béante, c'est la leur aussi. La leur à tous. Celle de sa mère, celles de son père et de sa sœur quand elle saura. Isa dit *on*, parce que cette trahison ils la partagent. Elle dit *on* et il n'en faut pas plus pour qu'ils fassent front. Une brèche s'ouvre soudain dans le mur en béton armé qui les séparait. On pourrait lui proposer de revenir dormir quelque temps à la maison, suggère-t-il. Isabelle acquiesce. Bonne idée ! Oui, on va faire ça. Ça lui fera du bien. Émilie... Je ne m'en remets pas. Il admet que lui non plus. La sidération les soude. Leur colère commune et la souffrance de cette enfant qu'ils ont faite ensemble et qui n'existerait pas s'ils ne s'étaient pas aimés un jour follement soudain les rapprochent, les rafistolent. Il a l'impression un peu idiote qu'Isa et lui ne font plus qu'un de nouveau. Qu'ils font corps. Comme le jour de l'appendicite, de la ruée chez le dentiste après la dent cassée dans la cour de récré, comme le jour du rendez-vous chez le proviseur décidé à virer leur merveille. La tristesse le submerge. Elle aussi, il le voit bien. Un chemin se fraie enfin. Quelque chose vient de les réunir, de les forcer à reformer ce qu'il croyait perdu, disparu, le couple, la famille. Il n'a pas le temps de penser à quoi que ce soit que la voilà devant lui. Tout près de lui. Oh, cela ne dure pas longtemps. Une poignée de secondes, à peine dix, quinze peut-être. Mais c'est assez pour combler le vide vertigineux qui s'est creusé entre eux. Assez pour oublier les chagrins et toutes les conneries des jours passés. Assez pour lui donner le temps de se demander s'il peut l'enlacer. Assez pour finalement décider de ne refermer qu'un seul bras autour de ses épaules. Un seul bras, parce que c'est fragile, ces choses-là.

C'est un mirage. Ébaubi. Il n'en revient pas. Croit rêver. Non, c'est bien elle. Là. Pour de bon, pour de vrai. Vrai de vrai. Sans diffraction ni déformation ni folle imagination. Il ne l'a pas entendue arriver. Ses épaules et ses bras et ses cuisses et ses jambes nues. Elle s'est changée. Porte une nuisette bordeaux qu'il ne connaît pas. Mais depuis combien de temps ne l'a-t-il pas vue en chemise de nuit ? Elle s'est arrêtée sur le seuil de la porte que, ce soir, il n'a pas fermée. S'y adosse. Ses doigts se crochètent tandis que ses pieds se soulèvent l'un après l'autre dans une danse immobile qui trahit sa gêne. Je peux, dit-elle. Sa voix tremble légèrement. Il n'y décèle aucun point d'interrogation. Et pourtant cela ressemble à une question. Il ne saurait dire si elle lui demande la permission d'entrer ou si elle s'interroge sur sa capacité à le faire. Sans doute les deux. En tout cas elle ne bouge pas. Elle attend visiblement une réponse de sa part. Il pourrait jouer la décontraction, blaguer, lancer un Je ne sais pas, j'hésite. Ce serait une solution. Mais il a tellement espéré ce moment qu'il en a le souffle coupé. Rien ne sort de sa gorge que la stupéfaction enroue. Aucune syllabe. Pas le moindre son. La faute à l'affolement autant qu'à l'exultation. Tout son corps acquiesce, jubile et pourtant impossible d'émettre le plus petit oui. Alors il pose son téléphone et se contente de hocher la tête pour répondre à son *Je peux*. Ces deux mots sont maigrelets, vraiment pas solides. La phrase qu'ils forment chancelle, tient à peine debout, mais donne malgré tout à Isabelle l'élan nécessaire pour s'approcher de lui. Doucement. Elle marche sur des œufs et craint de les casser, il le voit bien. Il faut dire que beaucoup de coquilles gisent déjà à leurs pieds, et nul ne sait si les morceaux pourront être recollés. Il la regarde avancer dans un lent, très lent, un interminable travelling. La distance qui s'est immiscée entre eux depuis des mois s'attarde encore, lambine, minaude un peu. Prend tout son temps et le savoure. Elle accompagne Isabelle jusque dans les derniers mètres puis finit par lui tendre une main fébrile. Elle ne peut pas les lâcher, disparaître comme ça, si vite, d'un claquement de doigts. C'est impossible. Elle s'y refuse en tout cas. Pour la première fois peut-être, il y a dans cette distance qui les sépare quelque chose de l'ordre de la politesse. Une forme de courtoisie muette, alarmée, éprouvée. Et même du respect. Oui, cette distance qui pesait comme un boulet pas plus tard qu'hier, blessait leurs chevilles, entravait leurs pieds, traîne encore un peu, mais cette fois par amabilité. Elle ne cherche pas à les gourmander. Elle s'éternise juste par délicatesse. Et il lui en sait gré. Il aurait trouvé insupportable, violent même, qu'après les avoir tenus à l'écart l'un de l'autre si longtemps, elle fasse comme si de rien n'était, s'éclipse comme par magie et les jette à l'assaut l'un de l'autre avec la brusquerie et l'empressement de ceux qui se sont trop manqué. Il l'aurait trouvée indélicate, obscène. Et visqueuse. C'est la poisse qu'elle leur aurait collée. Isabelle s'assoit à quelques centimètres de lui sur le couvre-lit. Le regarde sans rien dire pendant un temps infini. Oh, de toute façon inutile de parler, ils se sont tout dit. Et puis tout passe dans leurs yeux intimidés qui pactisent : le champ de leurs batailles, leurs chicanes, la sauvagerie de leurs chagrins, leur épuisement, leurs souffrances, leur navrance. Mais aussi l'affliction et l'éclat de cette affection qu'au fond ils n'ont peut-être jamais cessé de se porter. Il se décale pour lui faire une place à côté de lui. Isabelle se glisse sous la couette et même si elle reste assise, les jambes repliées, il n'en faut pas plus pour que cette chambre redevienne la leur, qu'elle retrouve sa conjugalité. Il ouvre un bras avec l'intention de l'enlacer, pas le même que celui de tout à l'heure non, l'autre qui mourait de jalousie, et puis finalement se ravise, n'ose pas le refermer, le garde en l'air avant de se résoudre à le baisser. C'est un drôle de mouvement. Arrêté, en suspens. À l'image de ce moment. À la frontière de la joie. Serrer Isabelle contre lui semble soudain impossible. Il y a dans son geste inachevé, dans cette étreinte à peine esquissée, une pudeur patinée d'appréhension, une sorte de retenue. Car oui, il aimerait retenir la nuit. Et les leçons de ces dernières années, pour autant qu'il soit possible de les tirer. Il ne bouge pas. Trop peur de se cogner à l'angle mort de cette soirée inespérée. Isa, elle, finit par s'allonger en se tournant vers lui. Il est à la proue de lui-même. A l'impression de quitter son corps, d'assister depuis le plafond à la scène qu'il est en train de vivre. Tout se tait. Plus un bruit. Ni dehors ni dans l'appartement. Les derniers passants ont fini par rentrer, les voitures ont cessé de rouler et même le frigo suspend son bourdonnement. La rue et la maison retiennent leur respiration elles aussi. Il sent monter en lui l'envie irrésistible de l'aimer, de la toucher et de tout recommencer. Il est pourtant bien trop tôt pour s'enhardir ainsi, bien trop risqué de faire des plans sur la comète. L'alignement des planètes paraît parfait, mais surtout ne rien brusquer. Isa lui sourit et ce sourire est une invite muette qui veut dire Viens. Il se place face à elle en faisant comme si tout cela était naturel alors que près du gouffre ce serait pareil. Sa tête, son bras, son buste, son ventre, ses cuisses, ses jambes, ses pieds, son corps à quelques centimètres du sien. Il sent son souffle sur sa bouche. Et c'est un baiser déjà. Une joie douloureuse l'inonde et noie ses vieux chagrins. Un tremblement le traverse. Peut-être à cause de l'apnée qui se prolonge. Il connaît la chanson depuis le temps qu'Isabelle la lui fait écouter. C'est lui à présent qui a peur de voir s'endeuiller les minutes, les heures, les secondes passées. Lui qui sait bien qu'il faut un presque rien pour défaire une nuit et se perdre au matin. Ses yeux à elle semblent pourtant lui promettre qu'ils ne se perdront plus, plus jamais. Qu'ils vont laisser s'égoutter leurs chagrins et s'envoler leurs regrets. Elle fait tout à coup ce geste hors d'âge, qu'il n'aurait jamais imaginé possible de revoir un jour, qu'il avait presque fini par oublier, ce geste de leur jeunesse, ce geste du temps perdu soudain retrouvé, ce geste resté entre eux comme une caresse, elle lui sourit, tend le bras sans le quitter des yeux, attrape l'interrupteur, le garde entre les doigts tout le temps que dure son sourire et rompt alors le silence duveteux qui avait fini par les envelopper ; tout bas, sur le même ton qu'autrefois elle lui souhaite bonne nuit sans se départir de son sourire, puis soudain éteint. Son sourire plane dans le noir quelques instants encore. Et bien sûr dans la minute qui suit, elle s'endort. Exactement comme avant, comme si rien ne s'était passé. Elle est là. Mais comment a-t-il fait, comment a-t-il fait pour tenir, tenir si longtemps, si longtemps sans elle ?

Il comprend en se réveillant dans un sursaut qu'il a fini par s'assoupir. Vers 7 heures sans doute puisque le réveil affichait 6 h 40 la dernière fois qu'il l'a consulté. Isa n'est plus là. 9 h 34 : réunion dans moins d'une heure. Il doit se dépêcher. Vite une douche, vite s'habiller puis quand même un café avant de filer. Il l'aperçoit depuis la porte. Sur la table de la cuisine qu'Isabelle a rangée et nettoyée avant de partir. Une page. Blanche comme la nuit qu'il vient de passer. Déchirée, mais avec soin à en juger par la crénelure régulière qui mord un de ses bords. Un stylo sans bouchon traîne juste à côté. Et pourtant rien n'y est écrit. Aucun message. Isabelle devait sûrement s'apprêter à noter quelque chose avant de recevoir un SMS qui l'aura distraite. Mais non, ce n'est pas la bonne hypothèse. Ça ne tient pas. Il en est sûr car en s'approchant de la table il reconnaît le vélin, la brillance et la douceur du papier, comprend qu'il provient du carnet d'Isa. Et elle y tient tant à ses carnets que jamais elle n'en aurait arraché une feuille pour y griffonner quoi que ce soit. L'évidence éclate. Cette feuille n'est là que pour attirer son attention sur la forme minuscule qui s'y trouve posée et que, sans elle, il n'aurait pas remarquée tant sa couleur se confond avec celle du plan de travail. Oblongue, lisse et parfaitement polie, il le sent quand il l'attrape délicatement. Ce n'est qu'après l'avoir posé entre paume et pouce qu'il découvre que ce qu'il a pris pour un caillou n'en est pas un. D'un coup il réalise. D'un coup il revoit Isabelle marcher à ses côtés sur la plage de Honfleur, la revoit se baïsser pour ramasser quelques coquillages. Et bien sûr c'est l'un d'eux qu'il tient entre ses doigts. Soudain il acquiert la certitude que ce coquillage n'est pas juste là pour éviter que la feuille ne s'envole, mais que c'est la feuille qui lui sert d'écrin. Isa l'a utilisée pour s'assurer qu'il ne passe pas à côté. Et son geste, ce geste-là, qu'elle a eu pour lui, le cueille. Il ne tente pas de l'interpréter. Il est bien trop ahuri et bien trop ému pour ça. Il y pensera plus tard. Ce morceau de nacre, ce petit bout de rien du tout, c'est déjà beaucoup. Alors il le glisse dans sa poche, juste avant de claquer la porte.

Cet ouvrage a été mis en pages par

<pixellence>

Imprimé en France par CPI
en janvier 2022

Dépôt légal : janvier 2022
N° d'édition : L.01ELJN001003.A002
N° d'impression : 168461